# VERSCHWUNDEN IN DER DUNKELHEIT

EUROCRIME 1

ANDREW HOLLAND

GIB DEINEM TAG EINEN THRILL
MIT DEN BÜCHERN VON ANDREW HOLLAND

Andrew Holland

Postfach 1608

63406 Hanau

andrew.holland@gmx.net

Covergestaltung: HollandDesign, Bruchköbel

Covermotiv: Shutterstock, surawutob

ISBN der verfügbaren Taschenbuchausgabe: 979-886 830 7218

Independently published

Lektorat: Jasim Kraft

1. Korrektorat: Jasmin Kraft

2. Korrektorat: Elisabeth Liepold

Social Media Kontakt:

https://www.facebook.com/HowardCaspar

Amazon: https://www.amazon.de/AndrewHolland/e/B01LVZGQW3

THRILLER

# VERSCHWUNDEN IN DER DUNKELHEIT

## ÜBER DAS BUCH

***Was würdest du tun, um dein Kind zu retten?***

*Wenn nichts auf dem Spiel steht, man nicht über die Konsequenzen nachzudenken hat, ist die Antwort ganz einfach: alles.*
*In Wirklichkeit ist aber rein gar nichts einfach ...*

In einem Luxusstrandresort auf der malerischen Halbinsel Chalkidiki verschwindet der zehnjährige Timo plötzlich und spurlos, während seine Eltern in Kallithea in einem Club feiern. Das Ermittlerteam von Eurocrime unter der Leitung von Kommissarin Sofia Shrader wird auf den Fall angesetzt. Als sie im Resort ankommen, erfahren sie, dass auch das Paar, das auf Timo aufpassen sollte, verschwunden ist. Keine Spur, keine Zeugen, und sie waren nicht einmal im Hotel registriert.

Plötzlich steht alles auf dem Spiel, denn die Frage nach der Unschuld der Eltern oder einer möglichen Entführung durch Fremde wird zu einem undurchdringlichen Rätsel.

Lügen die Eltern oder wurde der Junge tatsächlich entführt?

In einer Welt voller Täuschungen und Intrigen wird die Wahrheit zur gefährlichsten Waffe.

*Dies ist der erste Band aus der Eurocrime-Reihe.*

*Die Bücher bauen nicht aufeinander auf. Jeder Fall ist abgeschlossen.*

# ÜBER DEN AUTOR

Andrew Holland ist gebürtiger Amerikaner, der vor zwanzig Jahren in Frankfurt am Main seine große Liebe gefunden und geheiratet hat. Er wurde 1970 in der Nähe von Washington D.C. geboren und hat als Restaurantleiter gearbeitet, bevor er für die Frau seines Lebens nach Deutschland ausgewandert ist.

In seiner Freizeit denkt er sich gerne Geschichten aus und treibt viel Sport.

Er lebt glücklich mit seiner Familie in der Nähe der Gebrüder Grimm-Stadt Hanau.

Alle E-Books und Taschenbücher erscheinen derzeit exklusiv auf Amazon.

Die Howard-Caspar-Reihe erfreut sich großer Beliebtheit und hat bei ihren Lesern bereits Kultstatus erreicht. Mit der Violent-Crime-Unit-Reihe schließt Holland daran an.

Andrew Holland lädt seine Leserinnen und Leser ein, Empathie für den Täter zu empfinden, ohne sich dabei selbst zu verlieren.

AUCH ERHÄLTLICH

**Howard-Caspar-Reihe**

Wie sehr willst du leben? (1)

Wovon träumst du? (2)

Lass uns spielen! (3)

Im Namen der Tochter (4)

Sie kamen nie zurück (5)

Highway des Todes (6)

Tödliches Misstrauen (7)

Lautloser Feind (8)

Die Haut meines Mörders (9)

Denn zum Töten sind sie da (10)

Spur aus Blut (11)

Schöpfer des Todes (12)

Ruf der Leere (13)

Heute stirbst du (Sammelband 1) (1-3)

Die Bestimmung des Todes (Sammelband 2) (4-6)

Tödliches Ende (Sammelband 3) (7-10)

Wie sehr willst du schweigen (Sammelband 4) (11-12)

**Violent-Crime-Unit Reihe:**

Du warst ganz allein (1)

Sie sind nicht schuld (2)

Er war immer so nett (3)

Du hast die Wahl (4)

Sie waren nie fort (5)

**Eurocrime-Reihe:**

Verschwunden in der Dunkelheit (1) (2023)

Verwundbar in der Nacht (2) (2024)

**Weitere Thriller:**

Eiskalter Hauch der Rache

LIKE

Die letzte Rache

Meine Bücher sind auch als Hörbuch bei der Hörbuchmanufaktur Berlin erschienen.

Folgen Sie meiner Facebook Seite unter https://fb.me/andrewhollandbooks

Folgen Sie dem Autor auf Amazon, um keine Neuerscheinung mehr zu verpassen.

GIB DEINEM TAG EINEN THRILL

# NEWSLETTER

JETZT DEN NEWSLETTER ABONNIEREN UND
IM SOMMER 2021 KOSTENLOS DOWNLOADEN!

Sichere Dir Dein kostenloses Exemplar mit Deiner Anmeldung zum Newsletter. Der Beginn der Howard-Caspar-Reihe steht ausschließlich den Abonnenten zum kostenlosen Download zur Verfügung und wird es nicht zu kaufen geben. Es handelt sich um einen Kurzroman.

FBI Agent Howard Caspar wird nach seiner Ausbildung in Quantico der Einheit für Bundesverbrechen in Washington zugeteilt. Direkt an seinem ersten Tag kommt er mit einem besonders kniffligen Fall in Berührung. Ein Serienmörder versetzt Washington D.C. in Angst und Schrecken, indem er junge Frauen foltert und anschließend brutal in ihren eigenen vier Wänden ermordet. Als Howard Caspar das Motiv erkennt, beginnt eine erbarmungslose Jagd auf den Mörder ...

*Für Simone.*
*Danke für Deine Inspiration und Unterstützung.*

*Vielen Dank an alle Leserinnen und Leser, die mit meinen Thrillern den Alltag hinter sich lassen.*

ANDREW HOLLAND

*Die Realität ist bedeutend furchteinflößender als die Inhalte eines fiktiven Thrillers. Schlägt man das Buch zu und schaut sich um, erkennt man erst den wahren Horror.*

Andrew Holland

EUROCRIME

Das vielseitige Ermittlerteam rund um die neue Einheit innerhalb von Europol wurde gegründet, um gezielt Verbrechen in ganz Europa zu verfolgen und dabei die unterschiedlichsten kulturellen Herausforderungen zu bewältigen. Jedes Mitglied bringt einzigartige Fähigkeiten und Perspektiven ein, um die kniffligsten Fälle zu lösen und Sie als Leser in spannenden Thrillern zu fesseln.

SECRET SECRET SECRET SECRET SECRET
EUROCRIME
SECRET SECRET SECRET SECRET SECRET

# PROLOG

Irgendwie glaubt man, dass manche Dinge immer nur anderen Menschen passieren. Ob dies eine Schutzbehauptung ist, um nicht darüber nachzudenken, welchen Gefahren wir tagtäglich ausgesetzt sind, oder ob wir es wirklich und wahrhaftig erst dann realisieren, wenn wir selbst betroffen sind, ist schwer nachzuvollziehen.

Christian Grüter rekelte sich im Sonnenbett, das er sich mit seiner Familie gegönnt hat. Leider waren die Luxusliegen nicht im Hotelpreis inbegriffen, obwohl sie zum Resort gehörten, dennoch hatte er sie gebucht, um den Urlaub einzuläuten und mal nicht über Geld nachzudenken. Unter halb offenen Augen beobachtete er seinen Sohn Timo, der gelangweilt zwei Jungs beim Planschen im Wasser zuschaute.

»Geh doch mal zu ihnen«, sagte Anke aufmunternd, während sie Timos zarte Schultern mit Sonnenschutz eincremte.

Ihr Sohn reagierte nicht. Er schien zu hoffen, dass seine Mutter einfach vergaß, dass sie die Frage soeben gestellt hat, damit er sich nicht damit auseinandersetzen musste. Christian seufzte. Timo war zehn und nicht gerade ein Kind, das schnell Freundschaften schloss. Anke war sich dessen bewusst, aber dennoch drängte sie ihn immer wieder, aus seinem Schneckenhaus herauszukommen.

»Die sprechen auch Deutsch.« Sie sprach mit sanfter Stimme und bearbeitete inzwischen den Rücken ihres Sohnes.

»Jetzt lass ihn doch mal«, mischte sich Christian müde ein.

»Die wollen ja mit ihm spielen. Sie schauen dauernd zu uns rüber.« Anke sah mit hochgezogenen Brauen zu ihm auf und schüttelte den Kopf, um ihm zu sagen, dass er sich nicht einmischen sollte. Christian seufzte genervt und schloss die Augen.

»Hi. Meine Jungs wollen Tischtennis spielen. Vielleicht magst du mitmachen?« Christian blickte auf. Das musste die Mutter der Kinder sein, die Timo beobachtet hatte.

»Wie wärs, Timo?« Ankes Stimme klang hocherfreut.

»Hmm …«

Die Jungs traten ans Sonnenbett und reichten seinem Sohn einen Tischtennisschläger.

»Ich bin Louis, und das ist Nick mein Bruder.« Louis grinste Timo an, der den Schläger an sich nahm und schließlich mit den beiden loszog.

Die Mutter der beiden Jungs lachte leise, blickte ihnen nach und wendete sich an Anke. »Keiner hat sich getraut, also habe ich mal die Initiative ergriffen.«

Anke packte die Sonnencreme in die Tasche und stand auf. »Wir hatten die gleiche Idee«, sagte sie und deutete auf Christian. »Aber mein Mann ...« Beide lachten, als hätten sie ein besonderes Geheimnis und seien plötzlich die besten Freundinnen. Christian stöhnte innerlich.

»Kenne ich. Meiner ist der da drüben.« Die Frau zeigte auf einen Kerl, der an einem Tisch saß und in einer Zeitung las.

Christian blieb liegen und schloss die Augen. Momentan hatte er keine Lust auf neue Bekanntschaften, schon gar nicht auf Typen, die aussahen, wie irgendwelche Pädagogen und im Urlaub Zeitung lasen. Bestimmt war es die *BILD*.

»Magst du was trinken?«, fragte die Frau.

»Klar.« Die Stimmen entfernen sich und Christian hoffte, dass sie eine ganze Weile fortblieben, damit er die Ruhe genießen konnte.

. . .

Er musste wohl eingenickt sein, denn als er die Augen wieder öffnete, war von Anke und Timo nichts zu sehen, und auch der Pädagoge saß nicht mehr am Tisch. Außerdem waren Christians Beine inzwischen komplett und schutzlos der prallen Sonne ausgesetzt. Ein Zeichen dafür, dass der Schirm ihrer Wanderung nicht mehr gefolgt war. Christian erhob sich, rieb über die verbrannte Haut und seufzte. Wie lange hatte er geschlafen? Er fühlte sich wie ein Engländer, der die Kraft der Sonne gleich am ersten Tag unterschätzte.

Die letzten Monate waren stressig gewesen. Er war in der Firma verantwortlich für die Einführung einer neuen Datenbank, die auf den Workflow der unterschiedlichen Mitarbeiter abgestimmt werden musste. Sein Vorgänger hatte allerdings keinerlei Dokumentation erstellt, sodass ihm diese Aufgabe zusätzlich zufiel. Die täglichen Fehlermeldungen, Überstunden, Vater und Ehemann sein, sich mit Freunden treffen, hatten Christian ausgelaugt. Als das Projekt endlich abgeschlossen war, kam Anke mit dem Prospekt aus dem Discounter an, und sie buchten in letzter Minute den zweiwöchigen Urlaub in einem Luxusresort auf Chalkidiki, Griechenland.

Es war ihr zweiter Tag, und Christian konnte sich nicht vorstellen, den Rest des Urlaubs in dem Hotel zu verbringen. Anke hingegen kam voll auf ihre Kosten, und wenn Timo ein paar Spielkameraden gefunden hätte, wäre die Reise wohl seitens seiner Familie gerettet. Vielleicht sollte er sich einfach etwas lockerer machen.

»Ich wollte dich schlafen lassen.« Anke stand mit der Sonne im Rücken vor ihm.

Christian schirmte seine Augen mit seiner Hand gegen das grelle Licht ab und blinzelte zu ihr. »Wie lange habe ich denn in der Sonne gelegen?« Er deutete auf seine Beine.

»Oh nein. Ich habe mich total mit Melanie und Peter verquatscht«, sagte sie entschuldigend und ging in die Hocke, um den Sonnenbrand zu begutachten.

Christian winkte ab. »Alles gut.«

»Das sieht echt schlimm aus.«

»Ich hätte selbst dran denken können.« Immerhin war er kein kleines Kind mehr. »Wo ist Timo?«

Anke setzte sich ans Fußende. »Er ist mit Louis und Nick auf den Rutschen. Die Eltern sind auch total nett. Ich soll dich holen, weil wir vor dem Abendessen noch was trinken wollen.«

Christian hatte eigentlich keine Lust auf Small Talk oder nette Urlaubsbekanntschaften, stimmte aber seiner Frau zuliebe zu und leckte sich über die Lippen. Ein kaltes Bier wäre jetzt genau das Richtige. Seine Zunge klebte schon am Gaumen.

Nach dem Abendessen bereute er seine Entscheidung, bis zu dem Punkt, an dem Melanie vorschlug, auf Timo aufzupassen, während sie sich einen schönen Abend in Kallithea, der angrenzenden Touristenstadt, machen sollten. Anke winkte ab, aber schließlich hatten sie sich darauf geeinigt, dass sie dann die Tage auf ihre Jungs aufpassen könnten.

»Wir sind nicht lange weg«, sagte Anke später. »Zum Ende der Animation sind wir wieder da.« Timo schien regelrecht aufzublühen und winkte ab.

So entspannt und aufgeblüht hatte Christian seine Frau lange nicht mehr gesehen. Durch die Sonne war ihr Gesicht voller Sommersprossen, das blonde, schulterlange Haar wirkte heller und die Wellen ließen sie um bestimmt fünf Jahre jünger wirken. Sie spazierten durch die Gassen, stöberten in den Geschäften und tranken Wein in einer der Tavernen, die die Hauptstraße säumten. Die Zeit verging viel zu schnell, und als sie im Taxi saßen, dachte er für einen Moment daran zurück, wie es war, als sie noch keine Verantwortung für ein Kind tragen mussten und machen konnten, was sie wollten.

Das Taxi hielt vor der Schranke des Hotels. Christian bezahlte und stieg hinter Anke aus dem Wagen. Dabei fiel sein Blick auf ihren Po, der in der kurzen Jeans gut zur Geltung kam. Er zog sie an sich, und sie stolperte lachend über einen Stein. »Wir müssen zurück«, sagte sie und hielt sich an ihm fest.

»Ich weiß, aber du bist so sexy«, gurrte er auf ihre Lippen, die nach Wein schmeckten.

»Du bist albern, Chris.« Anke drückte ihn von sich.

»Können wir nicht noch zehn Minuten hier in den Büschen ...« Er ließ das Ende offen.

Sie sah sich um und kicherte. »Du spinnst ja.«

Christian ging auf sie zu und zog sie am Arm zu sich. »Ich finde dich heiß. Das ist doch ein Kompliment.«

Anke wand sich aus seinem Griff. »Du bist süß. Aber wir müssen zurück.«

Es wäre auch zu schön, wenn sie mal etwas Spontanität gezeigt hätte. Murrend lief er hinter ihr her, bis er sie einholte und ihre Hand ergriff.

Die Animation war beendet, das erkannten sie an den vielen Gästen, die sich an den Tischen rund um die Bar gesetzt hatten oder nach freien Plätzen suchten. Einige jüngere Paare schlenderten an ihnen vorbei, um einen der Clubs zu besuchen, die unweit des Hotels lagen. Sie hatten keinen Treffpunkt mit Melanie und Peter vereinbart. Christian ging davon aus, dass sie draußen an einem der Tische saßen. Die Anlage war groß, aber die Bühne, die Bar und Sitzgelegenheiten waren schnell von der Rezeption aus zu erreichen. Dort gab es einen Spielraum, in dem einige Automaten für die jüngeren Gäste standen. Kinder rannten herum, die Geräte machten laute Geräusche, und aus den Boxen am Tresen war Whitney Houston zu hören.

»Hm. Wo sind sie denn?« Anke hatte seine Hand

mittlerweile losgelassen und eilte an den Tischen entlang.

»Ich schau mal bei den Automaten«, schlug Christian vor.

Sie nickte abwesend und blickte suchend in der Gegend umher.

Aber bei den Spielautomaten fand er Timo auch nicht, von Louis und Nick fehlte ebenfalls jede Spur.

»Na, großartig«, murmelte er leise. Vielleicht waren sie reingegangen, um sich noch ein Eis beim Hotelkiosk zu holen.

Nichts. Möglicherweise hatte Anke ihren Sohn längst gefunden. Christian ging zurück zur Bar und fand seine Frau am Pool.

»Ich finde sie nicht«, sagte sie.

»Ich auch nicht, aber die können ja nicht verschwunden sein. Komm, wir gehen an die Bar. Vielleicht sind sie nur kurz auf ihrem Zimmer. Ruf sie doch an.«

Anke blickte ihn verwirrt an. »Ich weiß nicht, wo sie untergebracht sind«, sagte sie.

»Dann eben auf dem Handy.« Christian nahm sie an der Hand, um sie zur Bar zu ziehen, aber sie blieb stehen. »Ich habe keine Handynummer.«

»Dann fragen wir an der Rezeption.« Er war nun auch verwirrt. Sie hatte immerhin den halben Tag mit Melanie und Peter verbracht.

»Ich weiß nicht mal, wie sie mit Nachnamen heißen.« Ihre Stimme klang eine Spur panischer.

*Na ja, wer erfragt auch nach einem halben Tag den Nachnamen?*, versuchte Christian sich zu beruhigen. Aber tief in seinem Bauch spürte er ein Zwicken.

»So viele Paare mit den Namen werden wohl hier nicht gleichzeitig eingecheckt haben.« Sie entspannte sich etwas und seufzte tief. »Stimmt auch wieder. Das wäre ja ein Zufall.«

Keine fünfzehn Minuten später begann für sie ein Albtraum, einer, aus dem sie nicht einfach erwachen würden. Sie hatten einen schrecklichen Fehler gemacht.

# 1

Dunkelgrau ragte das Gebäude vor Sofia Shrader in den wolkenverhangenen Himmel. Kombiniert mit klarem Glas und vereinzelten blauen Akzenten, wirkte es nicht weniger nüchtern und zeigte eindeutig, dass es sich um eine Behörde handelte.

Das Europol-Gebäude lag in einem gepflegten und professionellen Geschäftsviertel von Den Haag. Es war von anderen modernen Anlagen und Bürokomplexen umgeben und spiegelte die Bedeutung der Organisation als europäisches Zentrum für die Bekämpfung von Verbrechen wider.

Trotz der Tatsache, dass sie diesmal nicht als neue Leiterin in ein bereits eingespieltes Team kam, überkam sie die gewohnte Nervosität, als sie aus dem Taxi stieg und auf den Eingang zuging.

Vor nicht einmal einer Woche hatte Simon van der Berg sie von Interpol abgeworben, weil sich ihre Wege in etlichen Fällen gekreuzt hatten. Schließlich hatte er ihr vor fünf Tagen eröffnet, dass er eine neue Einheit gründete und sie unbedingt als Leiterin dabeihaben wollte. Simon war ein hochdekorierter und erfahrener Ermittler aus den Niederlanden. Er hatte jahrelange Praxis bei Europol und war bekannt für seinen unermüdlichen Einsatz, um Verbrechen zu bekämpfen und Gerechtigkeit für die Opfer zu erreichen.

Das Konzept hatte Sofia überzeugt, die Akten über ihre neuen Kollegen lasen sich allesamt vielversprechend, und es wäre eine Herausforderung, zu der sie nicht hatte Nein sagen können.

Sie war gestern angereist und hatte den ganzen Tag auf ihrem Zimmer verbracht, um noch einmal die Akten durchzugehen. Abends war sie mit Simon an der Bar im Hotel verabredet. Er händigte ihr die Zugangskarte aus und machte sie mit den Sicherheitsvorkehrungen des Gebäudes vertraut, die sie so oder etwas abgewandelt bereits von ihren vorherigen Arbeitgebern kannte.

Außerdem händigte er ihr eine frische Akte eines neuen Falls aus, mit dem sie sich auf ihrem Zimmer vertraut machen sollte.

»Sobald du dein Team kennengelernt hast, steht ein Flieger bereit.«

. . .

Nachdem sie die Sicherheitsschleuse passiert hatte, empfing Simon sie, der sie zu den Aufzügen begleitete und das Stockwerk, wo sich ihr Arbeitsbereich befand, mit seiner Karte freischaltete. Ihr neuer Boss machte keinen Small Talk, das war für ihn verschwendete Zeit. Heute war es Sofia mehr als recht, dass er nicht fragte, ob sie aufgeregt war oder gut geschlafen hatte.

»Ich gebe dir zwanzig Minuten, um dein Team kennenzulernen. Ein Wagen wird euch zum Flieger bringen. Am Flughafen in Thessaloniki wartet ein Kontaktmann, der weitere Einzelheiten mit euch bespricht und der euch nach Chalkidiki begleitet.« Seine Stimme klang angenehm, nicht bissig oder von oben herab. Der Fall duldete keine Trödeleien. Es gefiel Sofia, dass sie es nicht mit Bürokraten zu tun haben würde.

Der Aufzug stoppte. Simon trat vor ihr in den Flur und bog rechts ab. Sie hatte etwas Mühe ihm zu folgen, obwohl sie flache Schuhe trug, aber ihre Beine waren einfach nicht lang genug.

»Noch Fragen?«

»Im Moment nicht.« Sofia hatte sich gut vorbereitet. Außerdem hatte er ihr die wichtigsten Details schon gestern Abend verraten. Es blieb keine Zeit, in die Büros zu schauen, an denen sie vorübereilten, und als er schließlich durch eine Tür am Ende des Flurs ging, dachte sie darüber auch nicht mehr nach. Sie betraten einen riesigen Raum, der sich über zwei

Stockwerke erstreckte. Eine Fensterfront nahm die komplette linke Seite ein, rechts davon hingen große Bildschirme an einer grauen Betonwand. Die Arbeitsbereiche waren offen gestaltet und wirkten eher wie eine Großraumküche mit langen Arbeitsplatten und hohen Stühlen. Den oberen Bereich konnte sie nicht einsehen. Eine Empore ragte über das halbe Büro, eine Stahltreppe führte hinauf. An einem Tisch unter den Bildschirmen stand ihr neues Team, blickte neugierig auf die Neuankömmlinge und stellte die Gespräche ein.

Simon ergriff das Wort. »Das ist Sofia Shrader, Ihre Teamleiterin. Sie wird Sie mit Ihrem ersten Fall vertraut machen. Wenn Sie Fragen haben, wenden Sie sich zuerst an sie.« Er machte eine Handbewegung in ihre Richtung und verließ das Büro.

»Guten Morgen.« Sie stellte ihre Aktentasche auf den Boden und trat an den Tisch. »Leider haben wir zu wenig Zeit, um uns besser kennenzulernen.« Bevor sie weiterreden konnte, tippte ein junger Mann auf eine Tastatur vor sich und blickte zur Wand. Sofia folgte seinem Blick und erkannte auf einem der Monitore eine Zusammenfassung des Falls. Sie nickte ihm zu. Das musste David Dexter, kurz Dex, der ehemalige Hacker und IT-Sicherheitsspezialist aus Schweden sein. Dex senkte den Kopf. Blaues Haar fiel ihm dabei in die Stirn.

»Timo Grüter, zehn Jahre alt. Ist vor drei Tagen

spurlos aus einem Luxusresort in Griechenland verschwunden.« Sie fasste die Informationen aus der Akte zusammen und blickte anschließend auf ihre Armbanduhr. »Wir haben noch fünf Minuten, bis uns ein Fahrer zum Flugplatz bringt. Ich freue mich auf die Zusammenarbeit. Weitere Details klären wir auf dem Flug.« Ihr neues Team setzte sich in Bewegung und als Sofia die Tasche hochnehmen wollte, erkannte sie aus den Augenwinkeln einen Arm, der in die Höhe schoss. Dex. Er wartete auf ihre Reaktion. »Ja, bitte?«

»Werde ich Sie begleiten?« Seine Stimme klang hoch, wie die eines Teenagers kurz vor dem Stimmbruch.

»Ich brauche Sie alle vor Ort«, sagte sie knapp, aber freundlich. Vielleicht wäre das zukünftig nicht mehr notwendig, für die erste Operation allerdings wollte Sofia sie dabeihaben.

Es gab einen Grund, warum sie eingeschaltet worden waren, sie als neues Team ausgerechnet diesen Fall übernehmen sollten. Und diesen würde sie ihnen während des Flugs erläutern.

Während ihrer Einsätze hatte Sofia schon öfter die Gelegenheit gehabt, mit einem Privatjet zu fliegen. Aus dem Grund zeigte sie sich wenig beeindruckt, als sie den Innenraum betrat, um sich möglichst vorne einen Platz zu sichern. Ihre neuen Kollegen allerdings zeigten sichtliche Begeisterung. Innerlich schmunzelte Sofia, nach außen ließ sie sich aber nichts anmerken. Sie wartete, bis sich jeder einen Platz gesucht hatte und ein Steward die Tür verriegelte. Ohne etwas zu sagen oder sie mit den üblichen Sicherheitsmaßnahmen vertraut zu machen, verschwand er am Ende des Flugzeugs hinter einem Vorhang. Der Jet setzte sich in Bewegung und Sofia drehte sich in ihrem Sessel zu ihrem neuen Team.

»Ich bin Sofia Shrader, Teamleiterin dieser Sondereinheit, guten Morgen. Wir haben knapp drei Stunden Zeit, um uns und den Fall besser kennenzulernen. Also lasst uns die nächsten Stunden nutzen.«

Der Jet gewann an Geschwindigkeit und wenig später hob er ab.

»Ich fange mit der Vorstellungsrunde an. Mein Name ist Sofia Shrader, sechsunddreißig Jahre jung, nicht verheiratet, außer mit dem Job.« Sie lachte leise, obwohl diese Tatsache eher traurig war. »Ich war Special Agent beim FBI, anschließend bei der NSA und bin dann zu Interpol gewechselt, wo ich in ländergreifenden Ermittlungen vermittelt habe. Dabei habe ich mir ein profundes Wissen über europäische Kulturen und Sprachen angeeignet. Simon van der Berg kenne ich von einigen Fällen, die wir zusammen bearbeitet haben.« Sie erzählte noch nichts über eine bestimmte Gemeinsamkeit, die alle verband und weswegen Simon dieses Team zusammengestellt hatte.

Durch die Akten wusste Sofia natürlich, wer vor ihr saß, aber sie persönlich kennenzulernen, war noch einmal etwas anderes.

»Ich würde der Reihe nach fortfahren. Von mir aus gesehen von links nach rechts.« Sofia richtete den Blick auf Antonio Costa, der als Einziger eine Jeanshose, Hemd und Lederjacke trug. Seine Füße steckten in ausgelatschten Turnschuhen. Das schwarze Haar fiel ihm bis auf die Schultern.

»Mein Name ist Antonio Costa, ich war als Elite-Polizist in Portugal in einer taktischen Funktion tätig. Fertig.« Er grinste und schlug ein Bein über das andere.

»Keinesfalls.« Sofia lächelte ihm zu. »Ihre ausgezeichneten Schießkünste haben Sie vergessen. Außerdem sind Sie bekannt für Ihre Beharrlichkeit und Fähigkeit, versteckte Verbindungen zwischen verschiedenen Verbrechen zu entdecken.« Sie zählte die Punkte aus ihrem Gedächtnis auf und fixierte ihn.

Antonio zuckte mit den Schultern. »Von mir aus.«

Sofia betrachtete sein lässiges Verhalten nicht als feindlich ihr gegenüber gesinnt. Es war ihm vielmehr sichtlich unangenehm, dass er gelobt wurde. Sie nickte ihm zu, wandte den Kopf nach rechts und erteilte Laura Nielsen das Wort. Die Dänin trug ihr helles Haar als Pagenschnitt. Der Pony führte kerzengerade einen Zentimeter oberhalb ihrer Augenbrauen über ihre Stirn. Sie war sehr groß und schlank und mit ihrer

Haltung könnte sie einem Supermodel Konkurrenz machen. Sie trug einen grauen Hosenanzug und flache Schuhe.

»Laura Nielsen. Ich komme aus Dänemark und habe zuletzt als Profilerin beim BKA in Deutschland gearbeitet. Ich wurde aber immer wieder von Interpol ausgeliehen, da ich Verhaltensmuster und Persönlichkeitsprofile von Serientätern erstelle. Das wars.« Erwartungsvoll blickte sie Sofia an, ob sie etwas hinzufügen würde, und den Gefallen tat sie ihr. Sie hatte nicht vor, ihr Team bloßzustellen, vielmehr sollte jeder erfahren, weshalb ihre künftigen Partner ausgewählt worden waren.

»Laura Nielsen«, dabei sprach Sofia zu allen, »zeichnet sich durch ihre analytischen Fähigkeiten aus. Aus scheinbar bedeutungslosen Informationen erkennt sie wichtige Hinweise.«

Laura ergänzte die Ausführungen nicht.

Sofia sah zu David Dexter.

»Ich bin David Dexter, aber jeder sagt Dex zu mir.« Er klang aufgeregt und blickte schnell umher, als würde jemand einen Einwand haben. »Ich komme aus Schweden und habe dort als IT-Spezialist für verschiedene Sicherheitsbehörden gearbeitet. Zuletzt bei Europol.« Er räusperte sich und sagte schließlich: »Mehr gibt es nicht zu erzählen.« Mit einem flehenden Blick sah er zu Sofia rüber, aber die lächelte nur. »Ehemaliger Hacker mit einzigartigen Fähigkeiten im Umgang mit Computern, Datenanalyse und digitaler Forensik. Er kann in die Tiefen des Darknets eintauchen und verschlüsselte Kommunikationen knacken, um wichtige Beweise zu finden.«

Dexter versank im Sitz und wurde knallrot.

Sofia richtete mit einem Nicken das Wort an die letzte Person im Team. Maria Santos strich sich durch die mittellangen, dunklen Locken und straffte ihre Schultern. »Mein Name ist Maria Santos. Ich bin mehrsprachige Verbindungsoffizierin aus Spanien. Wenn es um bürokratische Hürden bei grenzüberschreitenden Ermittlungen geht, fordert man mich an.« Ihre braunen Augen funkelten, als sie ihre Vorstellung beendete.

»Maria Santos ist auch eine sehr begabte Undercover-Agentin, die in verschiedenen Rollen agiert, um an Informationen zu gelangen, die sonst verborgen bleiben.« Vermutlich hat Maria geglaubt, man würde Sofia diese Details vorenthalten.

»Warum habe ich Ihre jeweiligen Vorstellungen ergänzt?« Der Jet hatte mittlerweile seine Flughöhe erreicht und Sofia stand auf.

»Jeder soll die Fähigkeiten seiner Teammitglieder genauestens kennen. Nur so werden wir hervorragend zusammenarbeiten und uns ergänzen.« Sofia machte eine kurze Pause. »Außerdem verbindet uns alle etwas – oder vielmehr jemand: die Kobra.«

Ein Murmeln ging durch die Reihen.

# 2

Sofia ließ die Leinwand mit einer Fernbedienung in ihrer Hand herunterfahren und startete die Präsentation, die sie vorbereitet hatte. Auf der ersten Seite war nur ein leerer Kasten mit einem Fragezeichen darin zu sehen.

»Die Kobra. Ein genialer Mastermind und hochrangiger Drahtzieher, der in den dunkelsten Kreisen Europas agiert. Seine Vergangenheit ist von Geheimnissen und Verschwörungen geprägt.« Sie klickte eine Folie weiter, auf der sie einige Stichpunkte notiert hatte.

»Ein Wissenschaftler, der für Regierungsorganisationen gearbeitet haben muss. Diese Info kommt von Antonio Costa. Er setzt jetzt sein Wissen und seine Fähigkeiten für kriminelle Machenschaften ein. Sein Spitzname in der Unterwelt ist ›Die Kobra‹, weil er seine Gegner mit tödlicher Präzision und Raffinesse angreift. Danke an David Dexter für die weitere Information. Die Kobra ist Meister der Tarnung und Manipulation, ist in der Lage, Identitäten zu wechseln und sich in unterschiedliche Rollen zu versetzen, um seine Spuren zu verwischen. Maria Santos kam ihm näher als sonst jemand, ohne ihre verdeckte Ermittlung zu gefährden. Seine Motivation liegt in einem persönlichen Rachefeldzug gegen bestimmte Staaten und Organisationen, die für das Scheitern seiner früheren Arbeit verantwortlich sind. Die Verbrechen sind oft aufwendig inszeniert, um Aufmerksamkeit zu erregen und Ermittler herauszufordern. Das Profil hat Laura Nielsen erstellt.« Bevor sie auf die nächste Folie klickte, hob Antonio Costa lässig die Hand und fixierte sie mit seinen dunklen Augen.

Sie erteilte ihm das Wort.

»Was verbindet *Sie* mit der Kobra?«

Sie lächelte. »Ich habe in den letzten Jahren immer wieder mit ihm zu tun gehabt. Er scheint ein gewisses Interesse an mir zu haben, denn er kontaktierte mich, legte Hinweise und Rätsel aus, um mich zu provozieren und damit in gefährliche Situationen zu locken.«

»Dann hat dieser Fall mit der Kobra zu tun?« Laura Nielsen meldete sich nicht extra, was Sofia ganz lieb war. Sie wurden als Einzelpersonen ausgewählt, werden allerdings als Team zusammenwachsen müssen, um ihre Stärken zu einer Einheit verschmelzen zu lassen.

»Alles deutet darauf hin.« Sofia klickte auf die folgende Folie, auf der Timo Grüters Foto zu sehen war. Sie ließ ihrem neuen Team kurz Zeit, bevor sie die nächste Seite öffnete, auf der Bilder von verschiedenen Kindern zu erkennen waren.

»Acht Kinder, jetzt neun, wurden in den vergangenen vier Jahren auf ähnliche Weise in ganz Europa entführt. Es gab keinerlei Forderungen von Entführern, keine Spuren. Man hat sie nie gefunden. Weder tot noch lebendig.«

Maria Santos beugte sich nach vorne. Ihre Brauen hatte sie zusammengezogen. »Wo ist der Hinweis, dass wir es mit der Kobra zu tun haben?«

Sofia öffnete die letzte Folie. »Hier.« Auf ihr waren weitere Bilder zu sehen, abfotografiert und von der Spurensicherung zur Verfügung gestellt. Spielkarten. Sie waren in den persönlichen Sachen von drei der entführten Kinder gefunden worden. Immer eine Pik 9. Auf den Karten konnten keine Fingerabdrücke sichergestellt werden. Man hatte ihnen keinerlei Bedeutung zugemessen, bis Simon van der Berg den Fall auf den Tisch bekommen hatte. Diese Skatkarte war wie die Unterschrift der Kobra zu deuten. Warum er ausgerechnet diese Karte hinterließ, war noch immer ein Rätsel.

Laura Nielsen sah sich die Folie lange an und

fragte schließlich: »Das bedeutet, bei sechs Kindern wurde keine Karte gefunden?« Sofia lächelte erneut. Jetzt wusste sie, warum van der Berg ausgerechnet diese Personen ausgewählt hatte. Dabei fingen sie gerade erst an.

»Wir haben die Ermittlungsakten durchgearbeitet. Keine Karten bei den anderen Kindern.« Sofia schüttelte den Kopf, ließ die Leinwand hochfahren und setzte sich in den Sessel.

Laura tippte sich mit einem Stift gegen die Unterlippe. »Sehr merkwürdig.«

»Der Junge ist vor drei Tagen verschwunden.« Antonio Costa fuhr sich durch die Haare. »Wer sagt uns, dass er nicht längst tot ist?«

Laura sah mit einem spöttischen Lächeln auf den Lippen in seine Richtung. »Warum sollte ein Pärchen mit Kindern so einen Aufwand betreiben, um ihn einfach zu töten?«

Costa zuckte mit den Schultern. »Wieso nicht?«

Sie antwortete nicht auf seine Frage. »Schon eine Idee?« Sofia wäre es am liebsten, wenn sie sich alle beim Vornamen ansprechen würden.

Laura schüttelte leicht den Kopf. »Noch nicht. Haben wir die Akten zu den anderen acht Kindern?«

Sofia nickte und deutete auf ihren Laptop auf dem Tisch neben sich. »Bedienen Sie sich.« Laura stand auf, nahm das Gerät an sich und setzte sich zurück auf ihren Platz.

Antonio Costa räusperte sich. »Wer hat mit den Eltern gesprochen, arbeitet an dem Fall, wie laufen die Ermittlungen?«

»Auf dem Laptop, den Laura gerade nutzt, finden Sie die Informationen. Setzen Sie sich zusammen. Maria Santos wird mit unserer Ankunft alles Weitere mit einem Mitarbeiter von Interpol klären. Wir haben noch etwas weniger als zwei Stunden, und ich will, dass wir bei der Landung auf dem gleichen Wissensstand sind.« Sofia war sich sicher, mit diesem Team innerhalb kürzester Zeit erste Spuren zu dem Jungen zu finden.

# 3

Es würde sich alles aufklären. Jeden Moment klopfte es an der Tür und Timo stand davor.

Diese und viele andere Szenarien hatte sich Christian seit Timos Verschwinden ausgemalt. Doch je mehr Zeit verging, desto weniger konnte er sich etwas vormachen. Anfangs hatten Anke und er noch an der Bar gesessen, weil sie glaubten, alles sei nur ein dummes Missverständnis. Sie war hysterisch geworden, je mehr Stunden vergingen. Als mitten in der Nacht die Polizei kam, hatten sie sich gegenseitig die Schuld gegeben. Anfangs hatte Christian es noch vorsichtig formuliert, später jedoch beschimpfte er sie und drohte ihr sogar, wenn Timo etwas Schlimmes passiert wäre. Das alles führte nicht zu ihrem Sohn, es half ihnen nicht, klug zu denken, den Tag zusammenzufassen, eine klare Beschreibung abzugeben. Sie stritten noch mehr, sagten sich all die Dinge, die normalerweise nicht erwähnenswert waren, weil man die Fehler des anderen eben einfach kannte und tolerierte.

Sie waren so oft befragt worden, von deutschen Behörden, Ermittlern und der griechischen Polizei, dass Christian bald den Überblick verloren hatte und nur noch losfahren wollte, um seinen Sohn zu finden. Wie konnte es sein, dass sich niemand an Melanie und Peter erinnern konnte? Hatte kein Mensch Louis und Nick bemerkt? Immer wieder hatten sie sich die Frage stellen lassen: »Sie wussten keinen Nachnamen oder hatten die Handynummer von einer der genannten Person?« Sie wurden mit einem ungläubigen Blick bedacht, man hatte sie als Eltern hinterfragt. Wie läuft die Ehe? Ärzte von Timo wurden befragt. Hatte er auffällige blaue Flecken? Wurde er möglicherweise misshandelt?

Hatten Christian und Anke ihren Sohn umgebracht?

All die Fragen, immer und immer wieder die gleichen. Und niemand machte sich auf die Suche nach Timo.

Mittlerweile stand Anke unter starken Beruhigungsmitteln und schlief die meiste Zeit. Er hatte es verweigert, wollte bei klarem Verstand bleiben. Natürlich gab es auch deshalb Ärger. Sie hatte ihm vorgeworfen, ein gefühlskalter Narzisst zu sein. Christian war es schließlich leid, mit ihr zu streiten, und da sie ohnehin zu benebelt war, hörten die Vorwürfe von ihrer Seite bald auf.

Er versuchte, einen Sinn zu entdecken, surfte im Internet, wartete auf die nächsten Beamten, die ihm die gleichen Fragen stellen würden, ohne nach Timo zu suchen. Mittlerweile hatte die Presse Wind davon bekommen und diesen Fall mit dem verschwundenen Mädchen Madeleine verglichen. Da hatte Christian den Laptop nicht noch einmal eingeschaltet, zu sehr bauten die Theorien Druck auf und schürten seine Angst, seinen Jungen nie wieder zu sehen.

Mit dem Teddy, den sie ihm mal aus einem Möbelhaus mitgebracht hatten und der an vielen Stellen geflickt war, saß er auf dem Balkon und rauchte eine Zigarette nach der anderen, obwohl er vor sieben Jahren aufgehört hatte. Seine Finger krallten sich in den Plüsch, während er mit der anderen Hand die Zigarette hielt. Die Stunden vergingen, die Sonne ging auf und heizte die Luft so stark auf, dass er fast nicht mehr atmen konnte. Aber er weigerte sich, ins Zimmer zu gehen und neben Anke zu sitzen und an die Wand zu starren.

Er musste doch irgendwas tun. Irgendjemand musste Timo doch gesehen haben. Aber laut Aussagen der anderen Gäste hatte sich vermutlich ein schwarzes Loch aufgetan, und fünf Personen waren einfach verschluckt worden. Christian war davon ausgegangen, dass Überwachungskameras die Entführung gefilmt hatten, und die Polizei anhand der Aufnahmen das Fahrzeug herausgefunden hatte. Dass jemand Timo gesehen hat, wie er entführt worden war. Dass sich die beiden Jungs auffällig verhalten hätten. Ohnehin begriff Christian nicht, wo sie waren. In seinem Kopf ergab nichts wirklich einen Sinn.

Das schrille Läuten eines Telefons weckte ihn aus seinen Überlegungen. Die ersten Male war er ins Zimmer gesprungen, voller Hoffnung, dass Timo unversehrt aufgefunden worden war. Aber jetzt drückte er gemächlich die Zigarette aus, legte den Teddy auf den Stuhl und ging langsam ins Zimmer, um das Gespräch anzunehmen.

»Hier sind ein paar Leute, die mit Ihnen sprechen wollen ... entschuldigen Sie, wer waren Sie?« Den letzten Satz richtete die Anruferin von der Rezeption nicht an ihn, denn ihre Stimme klang gedämpft. Er presste den Hörer an sein Ohr, verstand aber leider nichts.

»Die Herrschaften kommen von Eurocrime, Europol.«

Europol. Mit denen hatte er noch nicht gesprochen. Anke schlief tief, sie war nicht einmal durch den Anruf aufgewacht.

»Ich bin gleich unten.«

. . .

Nicht einmal fünf Minuten später traf Christian bei der Rezeption ein und wurde in die Lobby geschickt, wo ein Mann und eine Frau auf ihn warteten und aufstanden, als er auf sie zuging. Sie zu begutachten, hatte er keinen Nerv, also ließ er sich von der kurzhaarigen Brünetten die Hand schütteln und geduldete sich, bis sie auf das zu sprechen kamen, was sie von ihm wollten.

»Das ist Inspektor Antonio Costa, ich bin Sofia Shrader.«

»Mhm. Haben Sie meinen Sohn gefunden?« Die Namen der beiden hatte er schon wieder vergessen.

»Wir sind hier, um Ihnen Timo zurückzubringen, Herr Grüter.« Sie wich aus, und dieses Drumherumgerede ging ihm langsam auf die Nerven. Wenigstens schien sie ihn oder Anke nicht zu verdächtigen. Noch nicht.

Christian stand unschlüssig in der Lobby und suchte nach einem geeigneten Platz, um sich den Fragen zu stellen. Stellten diese Idioten eigentlich den ganzen Tag nur Fragen? Unterhielten sie sich nicht untereinander? Machte überhaupt irgendjemand etwas Konstruktives? An der Rezeption stand ein Journalist, ein weiterer Mann hatte sich am Eingang mit einer Kamera postiert und hielt auf sie drauf.

Die Frau schien seine Gedanken zu erraten. »Das ist nicht der geeignete Ort. Lassen Sie uns gehen.«

»Meine Frau ist auf dem Zimmer und schläft.«

Sie nahm ihn am Arm und zog ihn ins Freie. »Keine Sorge. Mein Kollege bleibt hier.« Christian ließ sich von ihr zu einem dunklen Van führen. Sie öffnete die Beifahrertür und schob ihn auf den Sitz.

»Moment mal.« Er hielt die Tür mit dem Fuß auf. »Ich habe noch keinen Ausweis von Ihnen gesehen.«

Die Frau lächelte, griff in ihre Tasche, beugte sich zu ihm und reichte ihm eine feste Karte.

*Europol, Special Agent Eurocrime, Den Haag.*

Er gab ihr die Identifikationskarte, zog aber das Bein nicht zurück. »Wohin bringen Sie mich?«

»Wo wir sprechen können, Herr Grüter. Keine Sorge, wir bleiben in der Nähe.« Sie lächelte ihm zu, steckte den Ausweis zurück in ihr Jackett und wartete darauf, dass er das Bein ins Auto stellte. Christian schaute sich kurz um, entdeckte aber nirgends die örtliche Polizei oder Fahrzeuge der anderen Ermittlungsbehörden. Die Frau war Amerikanerin, ihr Deutsch fast akzentfrei. Seufzend zog er schließlich das Bein ins Auto. Die Tür schloss sich, und er schnallte sich an.

Eigentlich hatte er tausend Fragen an die Frau, aber er kam nicht dazu, denn wenige Minuten später bog der Wagen auf eine unbefestigte Straße ein und fuhr einen Hügel hinauf. Am Ende des Weges hielten sie an einem Tor, das sich sofort öffnete. Hinter Pinien,

Palmen und Büschen verborgen lag eine moderne Villa im Bauhausstil. Davor parkten zwei weitere Vans. Der Rasen, der das Anwesen umgab, war saftig grün, also wurde dieser regelmäßig gegossen und gepflegt. Zu dieser Jahreszeit zeichnete sich die Umgebung durch die ausgedörrte Landschaft aus. Gewässert wurde nur für die Touristen und ausschließlich in edlen Hotelanlagen. Christian folgte der Frau einen gepflasterten Weg zum Eingang hinauf und hoffte auf eine Klimaanlage. Heute war es wieder sehr heiß, über dreißig Grad und kein Wind wehte vom Meer ins Landesinnere. Die Strecke vom Wagen bis zur Tür reichte aus, um sein T-Shirt so zu durchnässen, dass es an ihm klebte. Er warf einen Blick zu der Frau, der die Hitze scheinbar nichts auszumachen schien. Sie wirkte noch immer kühl und perfekt gestylt in ihrem grauen Hosenanzug. Als sie die Tür öffnete, wehte ihm kalte Luft entgegen, und sie schob ihn in den großzügig geschnittenen Wohnbereich. Die bodentiefen Fenster waren geschlossen, dahinter erkannte Christian einen Pool. Erst dann bemerkte er eine großgewachsene, blonde Frau, die an einem Tresen saß und in ein Notizbuch kritzelte. Sie regte sich nicht, als die beiden eintrafen. Er wurde zu einer Sitzecke geschoben.

»Setzen Sie sich. Möchten Sie etwas zu trinken?«

Widerwillig setzte Christian sich. »Nein, danke.« Obwohl seine Zunge am Gaumen klebte, wollte er erst wissen, was hier los war. Die Frau platzierte sich ihm gegenüber. Wie hieß sie noch gleich? Sonja, Sabine?

Schon wieder schien sie seine Gedanken zu erraten. »Ich bin Sofia Shrader.« Sie lächelte.

Er vermied es, sie anzusehen.

»Wir haben die Ermittlungen übernommen, Herr Grüter. Da wir Ihre und die Aussagen Ihrer Frau kennen und wir Ihren Sohn schnell zurückbringen wollen, erspare ich Ihnen weitere Fragen.«

Christian presste seine Finger aufeinander, wie immer, wenn er nervös war.

»Ich verstehe nicht ... Frau Shrader ...« Er räusperte sich. »Was werden Sie unternehmen, was die anderen ...«

»Wir stellen die richtigen Fragen, Herr Grüter.«

»Sie wollten doch keine mehr stellen.«

Sie lächelte erneut, aufmunternd, mitfühlend. »Wir stellen Ihnen auch keine Fragen.« Sofia beugte sich vor. »Wir halten uns nicht lange damit auf, dass wir Sie und Ihre Frau verdächtigen. Wäre es so und Sie beide hätten Ihren Sohn verschwinden lassen, wären wir nicht gerufen worden.«

In Christian keimte ein Hauch Hoffnung auf, als er sie ansah.

»Ich weiß, es ist eine schreckliche Situation für Sie und Ihre Frau, eine, die ich noch nicht in der Lage bin, aufzulösen. Aber ich brauche Ihre Hilfe.«

Christian sank in die Couch. Wie sollte er helfen

können? Er hatte schon alles, was er wusste, gesagt, Anke ebenso, jedes unwichtige Detail hatte sie ausgesagt. Aber Melanie und Peter wollten von niemandem im Hotel gesehen worden sein.

»Herr Grüter?« Christian blickte auf. »Wir brauchen Ihre Hilfe«, wiederholte sie eindringlich.

Er sagte kein Wort.

Sie räusperte sich. »Sie müssen bitte die folgenden Tage so tun, als wüssten Sie nichts von uns. Können Sie das für uns, für Timo, tun?«

Christian rutschte auf der Couch hin und her. »Aber man hat Sie gesehen. Was soll das alles?«

»Darum kümmert sich mein Kollege. Ich möchte ehrlich mit Ihnen sein, Herr Grüter.« Sie stand auf und kam zu ihm auf die Couch, wo sie eine Hand auf seinen Arm legte. »Wir vermuten, dass eine kriminelle Organisation Timo entführt hat.« Sie strich sich über die kurzen Haare. »Sehen Sie, es scheint, als wäre Ihr Sohn Opfer eines Serienverbrechens geworden. Wir wollen die Leute nicht aufschrecken. Darum brauchen wir Ihre Mithilfe.«

»Eine ... Wie bitte?« Sein Herz klopfte wild, die Brust schien ihm zugeschnürt zu werden, so stark, dass er kaum Luft bekam.

»Schaffen Sie das?« Sofia antwortete nicht auf seine Frage, stattdessen wandte sie sich in die Richtung, wo ihre Kollegin saß und dann wieder an ihn.

Die Blonde stellte ein Wasserglas vor ihn, das er anstarrte, bevor er zugriff und es komplett leerte.

»Ist er ... Wird er sterben?«

Sie sah ihn ernst an. »Wenn wir schnell genug sind und Sie sich an alles halten, was wir Ihnen sagen, haben wir gute Chancen, Ihren Sohn lebend da rauszuholen.«

Seine Gedanken flogen im Kopf ungeordnet hin und her. Christian stellte das Glas zurück. »Sie wissen etwas, nicht wahr? Warum sind Sie hier? Was wird man mit Timo ...«

Es schien, als hätte Sofia auf diese Frage gewartet. Sie ließ seinen Arm los. »Vertrauen Sie mir?«

»Keine Ahnung. Ich kenne Sie nicht.«

»Vorerst muss ich Sie im Unklaren lassen, Herr Grüter. Es ist zu Ihrem und zum Besten Ihres Sohnes. Lassen Sie uns unsere Arbeit machen.«

Was sollte er Anke erzählen? Sie würde sich damit nicht zufriedengeben, da war er sich sicher. Und er war ebenfalls kurz vorm Durchdrehen, behielt lediglich nach außen hin die Kontrolle.

»Haben Sie Kinder?«

»Nein. Und ich kann nicht einmal ansatzweise nachvollziehen, wie es Ihnen und Ihrer Frau im Moment geht. Aber das ist auch gut so. Dadurch behalte ich die Kontrolle über diesen Einsatz. Und mein Ziel ist es, Timo gesund und munter zurückzubringen.« Sofia sprach so gefasst und ruhig mit ihm, dass ihr Gemütszustand auf ihn abfärbte und er sich ebenfalls ein wenig beruhigte.

Sie hatte recht. Jedenfalls glaubte Christian zum ersten Mal, dass wirklich etwas in dieser Sache getan wurde.

»Gut.« Er straffte die Schultern. »Ich gebe mein Bestes.«

# 4

Als er die Augen aufgeschlagen hatte, war er nicht in seinem Bett im Hotelzimmer. Von Louis und Nick keine Spur. Timo wusste überhaupt nicht, wo er war. Jedenfalls war er nicht mehr im Hotel, so viel war klar, als er gemerkt hatte, dass er in einem Zelt lag. Er hatte um Hilfe geschrien, rannte hinaus in die Dunkelheit und war einige Stunden danach wieder in dem Zelt wach geworden. Am Tag. Die Sonne hatte das Innere aufgeheizt.

Seine Haare klebten im Nacken, als er aufgestanden war und hinausging. Er hatte sich nur kurz umschauen können, dann war jemand gekommen und hatte ihn zurückgebracht. Er strampelte und schrie, während ihn ein maskierter Mann auf einen Schlafsack setzte. Auf Timos Fragen antwortete er nicht. Nach zwei Nächten hatte er so große Angst, wie noch nie zuvor in seinem Leben. Noch nicht einmal bei dem

Gruselfilm, den Jan heimlich mit ihm angesehen hatte und von dem Timo etliche Wochen lang Albträume gehabt hatte, hatte er sich so gefürchtet.

Immer wieder versuchte er, unter dem Zelt auf der anderen Seite durchzuschlüpfen und abzuhauen, aber er wurde entdeckt und zurückgebracht. Niemand sprach ein Wort. Er bekam zu essen und zu trinken, er machte in einen Eimer, der zweimal täglich gewechselt wurde. Als er angekommen war, hatte eine Glocke geläutet. Nicht wie in einer Kirche. Seitdem hat Timo sie nicht mehr gehört.

Wenn ihn die Panik so stark überrollte, dass er schrie und nach draußen rannte, nur um um sich zu schlagen, brachte ihn irgendjemand zurück. Manchmal wachte er erst auf seinem Schlafsack wieder auf.

Würden Mami und Papi ihn abholen? Oder hatte er etwas Böses angestellt und das hier war seine Strafe? Timo fiel aber nichts ein. Vielleicht hatten sie ihn irgendwo abgegeben, um in Ruhe Urlaub zu machen? Sie hatten sich nur die falsche Betreuung ausgesucht? Wie Charly, der Hund von Jan, der in der Tierpension gestorben war, weil sich niemand um ihn gekümmert hatte.

Wenn es so war, wieso hörte Timo dann keine Kinder? Warum hatte er nichts mitbekommen? Bestimmt, weil er geheult hätte. Deshalb hatten sie das heimlich getan. Hoffentlich würden Mami und Papi ihm glauben, wenn er ihnen erzählen würde, was die mit ihm gemacht hatten. Papi würde wütend werden. Mami würde dann mit Papi streiten, aber wenigstens wäre Timo wieder bei ihnen.

Er würde in Zukunft ganz lieb sein, wenn sie in den Urlaub fuhren, sodass seine Eltern ihn gar nicht bemerkten und nicht auf die Idee kämen, ihn in eine Betreuung zu geben. Er würde einfach nur warten müssen, bis der Urlaub zu Ende war.

# 5

SOFIA HATTE Christian Grüter ins Hotel gebracht und Antonio abgeholt. Schweigend fuhren sie zurück zum Haus und erst, als sie den Wagen parkte, brach er sein Schweigen.

»Seine Ehefrau war die ganze Zeit in ihrem Zimmer.«

Sofia schaltete den Motor aus. »War sie wach? Konntest du was hören auf dem Flur?«

Er zuckte mit den Schultern und öffnete die Beifahrertür. »Absolute Stille.«

Beide stiegen aus dem Fahrzeug und ließen die Hitze zurück, als sie die Villa betraten und erleichtert im kühlen Luftzug der Klimaanlage standen. Die Terrassentür war geöffnet, und Sofia erkannte Laura Nielsen schwimmend im Pool. Mittlerweile war Maria zurück und saß vor einem Berg Akten am Tisch. Dex richtete in der Zwischenzeit im zweiten Wohnbereich nebenan die Computer ein, das vermutete Sofia, denn sie sah ihn auf den ersten Blick nicht.

»Die Dänin scheint sich wohlzufühlen«, sagte Antonio und hängte die Lederjacke über eine Stuhllehne. Sofia behielt ihr Jackett an und setzte sich neben Maria.

»Sie denkt nach.« Maria hob den Kopf nicht.

»Die Beschreibung der beiden Jungen, mit denen Timo gespielt hat, passen auf Nico und Tyler.« Sie deutete auf die Fotos der verschwundenen Kinder, die Sofia zur Verfügung gestellt hatte.

»Nico Schreiner wurde vor einem Jahr auf Mallorca entführt. Tyler Fuchs kurz danach auf Menorca.« Laura kam in ein Handtuch gewickelt an den Tisch. »Ich kann mir nur vorstellen, dass man ihnen die Freiheit angeboten hat, wenn sie mitspielen.« Sie zog einen Zipfel des übergroßen Badetuches raus und rubbelte sich damit über die feuchten Haare.

»Wieso so lange?« Sofia betrachtete die Aufnahmen. »Also, aus welchem Grund werden sie über diesen Zeitraum gefangen gehalten?«

»Das gilt es herauszufinden.« Antonio ging in die Küche und holte sich eine Flasche Wasser aus dem Kühlschrank.

»Es handelt sich überwiegend um deutsche Kinder. Ein Mädchen kommt aus der Schweiz.« Maria seufzte und lehnte sich zurück.

Sofia brannte darauf, zu erfahren, wie ihre Kollegin

mit Interpol verblieben war und ob sie als Einheit den Rücken freigehalten bekamen, aber sie vertraute ihr. Sie würde reden, wenn etwas Wichtiges passiert wäre.

»Dex durchsucht übrigens das Darknet nach den Kindern«, sagte Maria, ohne aufzuschauen.

»Pornografie?« Sofia musste es nicht aussprechen, jeder ahnte, in welche Richtung Dex suchte.

Maria nickte rasch mit dem Kopf und biss sich auf die Lippen.

»Das ergibt keinen Sinn.« Laura setzte sich an den Tisch. »Neun Kinder in vier Jahren. Im Alter zwischen sieben und zwölf. Ja, es ist ein logischer Verdacht, aber es sind auch einfach zu wenig Opfer. Außerdem hätten Nico und Tyler nicht als Lockvögel agieren können, würden sie sexuell missbraucht. Ein solches Trauma ist nicht eben mal so zu überspielen.«

Sofia dachte einen Moment darüber nach. »Auch nicht, wenn Ihnen die Freiheit geboten würde?«

Laura schüttelte den Kopf. »Nicht einmal dann. Sie hätten sich durch ihr Verhalten verraten. Kinder, die sexuell missbraucht werden, sind nicht in der Lage, ein solches Trauma zu überspielen.« Laura legte ein Bein über das andere. »Timos Eltern haben die beiden Jungs als ganz normale Kinder beschrieben.«

Antonio hielt die Wasserflasche in der Hand, als er an den Tisch trat. »Jedenfalls waren es nicht dieselben Entführer, wie bei den anderen acht Opfern, aber eine ähnliche Vorgehensweise. Mutter und Tochter bei den entführten Mädchen, Eltern mit einem Kind oder zweien wie bei Timo.«

»Könnten die Lockvögel ihr Aussehen verändert haben?« Sofia wusste, dass es bestimmt möglich wäre, da sie keine Bilder von Melanie und Peter hatten, also nur auf die Beschreibung von Timos Eltern oder den anderen angewiesen waren.

Laura neigte den Kopf. »Das könnte natürlich durchaus sein, es wäre ein großes Risiko gewesen, doch irgendwann entdeckt zu werden.«

»Das bringt uns ohnehin nicht viel.« Sofia deutete auf den Nebenraum in Richtung Dex. »Ich will hier weiterkommen. Dex soll die Hotelkameras und die der Umgebung prüfen. Wir haben ein klares Zeitfenster.« Dann wandte sie sich an Antonio. »Die wurden bestimmt schon überprüft. Irgendwie müssen *Melanie und Peter* ja nach Griechenland eingereist sein. Weiten Sie die Suchanfragen aus und kreisen Sie verdächtige Personen ein. Ich gehe davon aus, dass sie das Land nicht in einem Flugzeug verlassen haben. Bitte ebenfalls prüfen.« Antonio nickte, stand auf und ging zu Dex in den Nebenraum, um von dort aus mit einem Rechner zu arbeiten.

»Laura?« Die Dänin hob den Kopf und blickte Sofia erwartungsvoll an. »Vielleicht finden Sie heraus, was es mit den Karten auf sich hat. Die Kobra streut niemals ohne Grund Hinweise. Möglicherweise bringt uns das auf eine Spur. Ich versuche, Satellitenaufnahmen zu besorgen.«

Maria deutete auf die Akten auf ihrem Tisch. »Ich würde gerne die Dokumente zu Ende durchgehen, die ich von Interpol und der griechischen Polizei bekommen habe. Ich will sie mit den Akten vergleichen, die wir über die anderen Kinder vorliegen haben.«

Sofia nickte ihr zu.

Während jeder an seinen Aufgaben saß und konzentriert arbeitete, beschloss Sofia, noch einmal ins Hotel zu fahren, um sich die Anlage genauer anzusehen.

Von der Hauptstraße aus musste man mit dem Mietwagen oder einem Transferbus eine Schranke passieren, die Tag und Nacht besetzt war, wo sie nun durchfuhr und den Wagen auf dem Hotelparkplatz abstellte. Durch die Befragungen des Nachtdienstes wusste Sofia bereits, dass in dieser Zeit kein fremdes Fahrzeug hinein- oder hinausgefahren war. Die Entführer wären auch nicht so blöd, den offiziellen Weg zu nehmen.

»Der Strand gehört nicht komplett zum Hotel«, sagte der Pförtner, als Sofia gegen Mittag nachfragte. Sie gab sich als Interpol-Mitarbeiterin aus. Er musste nicht wissen, dass eine neue Einheit ermittelte.

»Also gibt es noch einen anderen Zugang zum Hotel?«

Der junge Grieche leckte sich über die Lippen und wand sich unter ihrem Blick.

»Eigentlich nicht.« Sein Englisch war nicht besonders gut, und ihr Griechisch beschränkte sich auf wenige Floskeln.

»Was heißt eigentlich?« Sie blickte ihn streng an.

»Vom Strand kommt man über eine Treppe beim Restaurant ins Hotel.«

»Wo ist der Zugang?«

»Etwa fünfhundert Meter rechts. Da ist ein Weg und am Ende führen Stufen nach unten.«

Sofia beschloss, ihn nicht weiter auszuquetschen. Sie musste nicht fragen, ob fremde Personen auf dem Gelände überprüft oder es eine Kameraüberwachung gab, denn man hatte bereits herausgefunden, dass jeder ungehindert ins Hotel gelangen konnte. Aber Sofia ging davon aus, dass niemand unterhalb der Anlage oder oben an der Straße Spuren sichergestellt hatte. Denn über diesen Bereich hatte nichts in den Berichten gestanden.

Als sie dem Weg folgte, bereute sie, dass sie ein Kostüm trug. Junge Frauen kamen ihr in Bikinis entgegen. Sofia blickte ihnen sehnsüchtig hinterher. Auf dem schmalen Seitenstreifen hatten die Entführer vermutlich keinen Wagen geparkt. Hinter dem Weg machte die Straße eine scharfe Kurve nach rechts. Vor der Biegung war eine Bushaltestelle. Es wäre zu gefährlich gewesen, wenn sie das Fahrzeug so lange hier stehen gelassen hätten. Am Weg zum Strand hielt sie inne und blickte sich um. Entweder der Strandabschnitt war nicht sonderlich beliebt oder zu klein für viele Besucher. Sie fand keinen offiziellen Parkplatz. Also mussten die Leute mit dem Bus herfahren oder weiter entfernt parken. Sofia schirmte ihre Augen mit der Hand gegen die Sonne ab und blickte sich um. Direkt gegenüber ging ein Weg ab. Hinter den Pinienbäumen entdeckte sie ein Gebäude, das nach den Überresten eines Hotels aussah. Sofia eilte über die Straße und folgte dem Weg. Es schienen sich tatsächlich Gäste darin zu befinden, denn es parkten einige Fahrzeuge in der Umgebung. Erst dann sah sie ein weiteres kleines, hübsches, aber einfaches Hotel mit einem Pool davor, in dem Kinder mit einem Ball spielten. Zwar glaubte Sofia nicht, dass die Besitzer der jeweiligen Gästehäuser vor zwei Tagen etwas Ungewöhnliches bemerkt hatten, dennoch wollte sie nachfragen. Der Boden vor dem ersten Hotel war staubtrocken. Es waren keinerlei Spuren zu erkennen, und als Sofia in die Lobby trat und zur Rezeption ging, rümpfte sie die Nase. Da es keine Klimaanlage gab, wehte ihr der unangenehme Geruch nach verdorbenen Lebensmitteln aus der angrenzenden Küche entgegen. Die Mülleimer an den Türen waren voll und quollen über. Auf ihre Nachfrage konnte man ihr nicht helfen, und als sie nach draußen trat, atmete sie die aufgeheizte Luft ein.

Im Hotel nebenan konnte man ihr leider auch nicht weiterhelfen. Man gab ihr allerdings eine Wegbeschreibung zu einem kleinen Parkplatz auf der linken Seite, von dem aus man zurück zur Straße kam.

Sofia musste am Hotel vorbeilaufen, und als sie an dem Stellplatz oberhalb des Hügels ankam, war sie komplett durchnässt. Wer diese Hitze mochte, hatte ihrer Meinung nach nicht alle Tassen im Schrank. Die Erde war aufgewühlt, aber genauso trocken wie vor dem ersten Hotel. Mit ihrem Handy fotografierte Sofia die Abdrücke, selbst wenn die Spuren längst nicht mehr aussagekräftig waren. Sie ging den Parkplatz ab, schaute unter die zwei Fahrzeuge, die hier parkten, und sammelte alles ein, was sie fand. Kaugummi, eine Zigarette, ein Stück Papier, eine Bierflasche, Coladose und Bonbonpapier. Dann schulterte sie ihre Tasche und folgte dem Weg die Straße hinunter, den Blick auf den Boden gerichtet. Wenn sie Timo hier bereits getragen haben, würde Sofia vielleicht etwas finden, was ihm aus der Tasche gefallen war, oder einen Gegenstand, den seine Entführer verloren haben könnten – es sei denn, er ist freiwillig mitgegangen.

Als sie an der Straße ankam, lachte sie leise. »Weil die auch so blöd sind.« Den Kindern traute sie nicht zu, so weitsichtig zu sein, ihren Kidnappern Haare oder etwas, womit die Polizei sie identifizieren könnte, rauszureißen, um es als Spur zu hinterlassen. Nicht einmal erwachsene Menschen wären in einer solchen Lage zu Ähnlichem fähig. Sofia wollte dennoch auf Nummer sicher gehen und ging zurück zum Parkplatz, nur um die Erde mit den Händen einmal umzugraben.

Aber nichts.

Als sie den Weg hinab zur Straße starrte, stöhnte sie und ging Meter für Meter auf allen vieren ab, in der Hoffnung, irgendetwas zu finden. Zur Sicherheit sah sie auch in den Büschen nach. Aber alles, was sie am Ende der Straße vorzuweisen hatte, waren schmutzige Finger, Dreck unter den Nägeln und staubige Hosen. Seufzend, schmutzig und klitschnass unter ihrer Kleidung stand sie an der Straße und wartete, bis die Autos, die von links und rechts an ihr vorbeischossen, endlich eine Lücke freiließen.

Und dann sah sie es. Etwas glitzerte im Gebüsch. Sie musste hineinlaufen, zerkratzte sich die Hände an den Dornen und griff danach.

Es war ein Haargummi. Eines, dass die Person, die es verloren hatte, oft getragen hatte, denn es hing ein verknotetes Büschel dunkler Haare daran. Sofia drehte es hin und her. Vielleicht war es eine Spur, vielleicht aber auch nicht.

Sie grübelte nicht mehr länger, sondern steckte es in eine Tüte, die sie mit den anderen gefundenen Sachen mit dem Jet nach Den Haag schicken würde. Etwas aufwendig, aber sie brauchten die DNA-

Analyse zeitnah und mit ihr auch die Datenbank, die ihr die zugehörige Person ausspuckte.

Aber dennoch konnten die Mühen umsonst sein. Wenn es ein Tourist oder Einheimischer verloren hatte, würden sie der falschen Person nachjagen.

Sofia wandte sich wieder der Straße zu und fand schließlich eine Lücke, die sie nutzte, um eilig hinüberzurennen. Obwohl sie die Hitze kaum noch aushielt und vor Durst fast durchdrehte, suchte sie die Stufen gründlich ab, bis sie unten an einem Strand ankam, der rechts von ihr in Felsen mündete. Nur ein schmaler Abschnitt ohne Liegen und Schirme stand für Personen zur Verfügung, die keine Hotelgäste waren. Die Liegen waren alle besetzt. In ihrer Nähe lag ein Pärchen auf einer Decke und schlief. In der prallen Sonne. Mit ihrer dunklen Haut und den schwarzen Haaren steckte Sofia sie in die Einheimischen-Schublade. Links gingen weitere Stufen zu einer gut besuchten Bar hinauf. Die Kellnerinnen und Kellner hetzten von Tisch zu Tisch, beachteten Sofia dabei nicht. Ein jüngeres Paar saß vor zwei Krügen Bier, an denen das Kondenswasser hinablief, und sie spürte den quälenden Durst noch stärker, als sie an den beiden vorbei zur Bar ging. Der junge Mann zapfte Getränke und sprach auf Griechisch mit einer ebenso jungen Bedienung. Sie lachte und warf ihr Haar nach hinten. Sofia wartete einen Moment, bis man sie bediente, aber als nach fünf Minuten keiner von den beiden Notiz von ihr nahm, räusperte sie sich und schob die Kellnerin zur Seite. Sie zeigte ihren Ausweis gerade so lange, damit der Kellner nicht genauer schauen konnte, und erklärte ihm, sie sei von Europol und hätte Fragen zu dem vor drei Tagen entführten Kind. Der Mann hob die Schultern. »Wir schließen um sieben Uhr.«

»Danach ist niemand mehr hier?«

»Nein, tut mir leid.«

Sofia strich sich über die Stirn und blickte sehnsüchtig zu dem Pärchen mit den großen Bierkrügen. Also waren der Parkplatz und das gefundene Haargummi ihre momentan einzige Spur.

# 6

Gerade mal zwei Stunden war Christian fort gewesen. Ihm kam es vor, als wäre ein ganzer Tag vergangen. Anke schlief noch immer. Ob sie zwischenzeitlich wach gewesen war und sich mit einer Tablette zurück in den Schlaf gebeamt hatte, ließ sich nicht beurteilen. Draußen war es unerträglich heiß, und da seine Frau in jedem Urlaub Zimmer mit Meerblick buchte, hielt Christian es auf dem Balkon nicht lange aus. Er würde gerne mit ihr über die letzten zwei Stunden sprechen, aber sie würde zu viele Fragen stellen. Fragen, die ihm auch erst jetzt nach und nach einfielen. Und wenn er keine beantworten könnte, würde sie anfangen zu streiten. Aber er musste ihr doch sagen, dass jemand anderes ermittelte, dass die Möglichkeit bestünde, dass sie Timo bald wiedersehen würden. Mit irgendjemandem musste er sprechen. Mit ihrer Familie? Um Gottes willen. Mit seiner? Nein, seine Mutter würde nur wieder sagen, dass sie seinen Vater schicken würde, der würde sich um alles kümmern. Freunde? Bloß mit wem?

Christian durchforstete sein Handy, aber kaum hatte er es eingeschaltet, ploppten Hunderte Nachrichten auf. Er schaltete es aus, und als er sich neben Anke aufs Bett setzte, wusste er, dass es nur eine Person in seinem Leben gab, mit der er wirklich darüber sprechen konnte. Auch wenn sie sich in den letzten Wochen nur noch gestritten hatten, Sex schon seit mehr als einem halben Jahr kein Thema mehr war und er so viel an ihr so unglaublich nervig fand. Sie waren beide Timos Eltern und liebten ihn. Sie würden ihm nicht helfen, wenn sie stritten. Sie mussten um seinetwillen wieder zu dem Team werden, das sie all die Jahre gewesen waren.

Ohne dass er es gemerkt hatte, streichelte er ihr über den Rücken und weckte sie schließlich. Zunächst seufzte sie tief, dann drehte sie sich um und setzte sich panisch auf.

»Timo?« Wild blickte sie umher und erkannte an seinem Gesichtsausdruck, dass ihr Sohn bislang nicht gefunden worden war.

Gähnend strich sie sich über die zerzausten Haare.

»Ich muss mit dir reden.« Christian wusste nicht, wie er anfangen sollte, dennoch war alles besser, als zu schweigen.

Anke schmatzte und griff nach dem Glas Wasser

auf dem Nachttisch neben dem Bett, um daraus zu trinken. Der Vorhang war nur einen Spalt geöffnet. Es war nicht dunkel, sodass er die tiefen Schatten unter ihren Augen erkannte.

»Haben sie was Neues?«

Er schüttelte den Kopf und berichtete von seinem Vormittag. Zunächst unterbrach sie ihn ständig. Christian hatte ihr zu verstehen gegeben, dass er bis zu Ende erzählen wollte, und Anke hatte ihn tatsächlich nicht mehr unterbrochen. Sie wirkte nur plötzlich wacher und hoffnungsvoller.

»Wir sollten versuchen, uns nicht gegenseitig Vorwürfe zu machen. Timo ist wichtig, wir müssen wieder ein Team sein.« Seine Stimme klang fester, als er sich fühlte.

»Ich habe schreckliche Angst.«

»Ich auch.«

# 7

Obwohl Sofia hungrig und mehr noch, durstig war, beschloss sie, das gesammelte Material persönlich zum Flughafen zu fahren. Simon van der Berg hatte den Piloten angewiesen, sie auf halber Strecke zu treffen.

Sie stand an einem Kreisel, an dessen Ausfahrt ein Supermarkt mündete und nutzte dort die Zeit, bis der Pilot eintreffen würde, um sich Wasser und ein belegtes Sandwich zu kaufen.

Am Ausgang wehte die Klimaanlage besonders kalte Luft auf die Einkäufer, und so beschloss sie, sich hinter die Kassen zu stellen, aus dem Fenster zu schauen und dabei zu essen und zu trinken. Im heißen Wagen würde sie es keine Sekunde aushalten.

Zwanzig Minuten später entdeckte sie den Piloten auf dem Parkplatz, und sie eilte aus dem Supermarkt in die glühende Hitze, um die Beweise zu übergeben.

Van der Berg hatte versprochen, dass Sofias Anliegen bevorzugt behandelt würde und sie aufgrund der Dringlichkeit heute Abend erste Informationen vorliegen hätte. Er hatte sie weder gelobt noch nachgehakt, wie weit sie waren, und dafür war sie ihm sehr dankbar.

Auf dem Weg zurück zu ihrem Team telefonierte sie mit Dex und bat ihn, Satellitenaufnahmen vom Hotelstrand bis zum Parkplatz zu besorgen. Sie gab ihm den genauen Standort durch. »Um die Fahrzeuge abzugleichen, wäre der Morgen am Tag der Entführung prima, da ich davon ausgehe, dass die Aufnahmen vom späten Abend nicht viel taugen werden.«

»Und ich schaue natürlich nach zwei Personen mit kleinen Kindern.« Dex klang ein wenig sarkastisch, worüber Sofia lachte.

»Entschuldigen Sie. Ich gewöhne mich daran, dass alle selbst nachdenken können.«

»Aber coole Infos. Ich hatte schon Schiss, dass ich jedes Fahrzeug und jeden Fahrer prüfen muss, der die Straße benutzt hat.« Dex räuspert sich und war hörbar verlegen, dass er so flapsig mit ihr gesprochen hatte. »Entschuldigen Sie. Ich meine ...«

»Alles in Ordnung.« Sofia beruhigte ihn lächelnd und trennte die Verbindung.

Wie weit die anderen waren, würde sie früh genug erfahren. Da sie aber bis jetzt keine weltbewegenden Informationen erhalten hatte, ging sie davon aus, dass sie weiterhin im Dunkeln stocherten. Ohnehin wäre es unwichtig, wie die Entführer eingereist waren, welche Namen sie genutzt oder ob sie mit Timo das Land mit dem Flugzeug verlassen hatten – wovon sie nicht ausging –, sobald sie anhand der Satellitenbilder eindeutig ein Fahrzeug identifiziert hätten, würde ihr Augenmerk ausschließlich darauf liegen. Sie erinnerte sich an den ausschlaggebenden Grund für den Wechsel zu Eurocrime. Van der Berg hatte viele Argumente in den Topf geworfen, aber dieses war das Wichtigste.

»Schere schneidet Papier, ein Stein schlägt Papier. Unwichtiges Hinterherrennen nach Hinweisen oder möglichen Spuren wird nicht bis zum Erbrechen stattfinden. Solltet ihr einen besseren Hinweis oder eine Spur finden, dann geht ihr dieser nach. Mit allem und jedem, der dir zur Verfügung steht. Nebensächlichkeiten schickst du an mich, ich werde mich darum kümmern.«

Also würde sich niemand Wichtiges aus ihrem Team mit vielleicht unwichtigen Zeugenbefragungen aufhalten, wenn sie dem Täter direkt auf den Fersen wären. Das hatte sie allerdings nicht erwähnt.

Das bedeutete in diesem Fall, sie konzentrierten sich gemeinsam auf die Satellitenaufnahmen. Sofia teilte genau das ihrem Boss mit und dass sie alle Mitglieder ihres Teams brauchte. Flüge und Grenzen zu überprüfen, gab sie ab. Damit sie keine Zeit verloren, rief sie Antonio an und fasste kurz zusammen, was sie herausgefunden hatte und wie die weitere Vorgehensweise aussah. Er atmete erleichtert aus. Sofia würde derartige Arbeiten und Recherchen künftig an van der Berg abgeben und ihn bitten, ihr Team zu informieren, falls sich etwas daraus ergeben würde, insofern niemand vor Ort sein musste.

Fünfzehn Minuten später traf sie in der Villa ein und wischte den Wunsch fort, sich erst mal unter die Dusche zu stellen.

Als Sofia das abgedunkelte Nebenzimmer betreten wollte, blieb sie im Türrahmen stehen und entdeckte dann schließlich Dex hinter einem der vier Monitore, die van der Berg ihnen in die Ausrüstung gepackt hatte. Über einen großen Esstisch gebeugt standen Antonio und Maria und studierten die Ausdrucke darauf.

»Nichts bis jetzt.«

Das hätte Sofia auch gewundert. Immerhin hatte Dex erst mit der Abfrage angefangen.

Er hob den Kopf, eine dunkle Haarsträhne fiel ihm über die Augen, die er nicht fortwischte.

»Maria prüft die Aufnahmen in einem Fünf-Kilometer-Radius rund ums Hotel.« Antonio beugte sich wieder über den Tisch, während ein Drucker im Hintergrund arbeitete.

Durch die offene Bauweise des Hauses war dies der einzige Raum, den sie nutzen konnten, um alle Erkenntnisse zum Fall zu besprechen. Vom Flur und Wohnbereich gelangte man durch einen Rundbogen in das Zimmer. Ein Bild hing an der hellgrauen Betonwand neben dem Durchgang zum Gang. Sofia ging hinüber und hängte es ab, stellte es unter den Tisch und nahm sich die Akten zur Hand. Dazu setzte sie sich auf den Boden und legte die Mappen vor sich. Obwohl sie die Berichte bereits eingehend studiert hatte, ging sie noch einmal alles durch und notierte auf kleinen Zetteln Eckpunkte daraus, um sie später chronologisch an die Wand zu pinnen.

Sofia wunderte sich nicht, dass kein Ermittler in dem Fall der Familie Grüter Glauben schenkte, obwohl Anke ihre Aussage akribisch genau immer und immer wieder wiederholt hatte.

Polizist:Wann haben Sie Melanie und Peter kennengelernt?

Anke: Ich kann mich nicht mehr genau erinnern.

Polizist: Morgens, mittags, abends? Im Flugzeug?

Anke: Es war nach dem Mittagessen. Ich denke so um dreizehn Uhr

Polizist: Vorher sind sie Ihnen nicht aufgefallen?

Anke: Ich habe nur die Jungs spielen gesehen.

Polizist: Nick und Louis?

Die Befragte nickte.

Polizist: Wann war das?

Anke: Jedenfalls auch nach dem Mittagessen.

Polizist: Bevor Sie mit Melanie und Peter gesprochen haben?

Wieder ein Nicken.

Sofia notierte sich Tag und Uhrzeit und schrieb beides auf einen Zettel. Sie wusste aus dem Kopf, dass Melanie Anke gegenüber angegeben hatte, sie wäre Grundschullehrerin in Hannover und Peter würde als Steuerberater ebenfalls in der Stadt arbeiten. Diese Aussagen waren bereits überprüft worden. Beide hatten gelogen. Anhand der Beschreibungen von Nick und Louis waren sämtliche Schulen in Hannover und Umgebung geprüft worden. Zwei Jungen mit den Eltern Melanie und Peter besuchten keine der hiesigen Schulen. Mittlerweile wussten sie ja bereits, dass die beiden Kinder ebenfalls entführt worden waren, also legte Sofia keinen Wert darauf, ob es hierzu neue Erkenntnisse geben würde.

Sie zog die Phantombilder aus den Akten, stand auf und pinnte sie an die Wand. Unter Louis und Nick steckte sie die Fotos der entführten Jungen.

Christians und Ankes Beschreibungen lasen sich ähnlich. Nicht so, als hätten sie sich abgesprochen, aber auf Sofia machten sie den Eindruck, als hätten sie nicht sehr genau hingeschaut, wem sie ihr Kind übergaben. Nur bei der Schätzung des Alters gab es Unterschiede. Heutzutage ist das auch nicht mehr so einfach, dachte Sofia.

Melanie hatte rotblondes, längeres Haar, das sie zu einem Knoten hochgebunden trug. Im Gummiband waren Sofia die dunklen Haarbüschel aufgefallen, dann war das entweder eine Sackgasse oder Melanie hatte eine Perücke getragen mit einem Haarband darin. Ihre Augenfarbe wurde von den Grüters als grün-braun beschrieben und sie war eher hellhäutig. Größe etwa eins siebzig, schlank, sportlich, um die dreißig. Am Pool trug Melanie einen Bikini und Flip-Flops, abends beim Essen hatte sie eine kurze Stoffhose, Bluse und Turnschuhe an.

Peters hellbraunes Haar war kurz geschnitten, er trug einen Dreitagebart, war ebenfalls hellhäutig und hatte graue Augen. Er war etwa eins achtundachtzig, schlank und Mitte Ende dreißig. Am Pool hatte er eine Badeshort, T-Shirt und Flip-Flops an. Abends trug er eine lange Stoffhose, ein kurzärmliges Hemd und Turnschuhe. Auch die Kinder waren zum Essen sportlich gekleidet gewesen. Also hatten sie Taschen mit Wechselkleidung dabeigehabt und sie hatten die Badesachen wieder mitgenommen, denn Sofia fand keinen Bericht, dass etwas davon gefunden worden wäre. Die Beschreibungen standen auf den Phantombildern, aus dem Grund verzichtete Sofia darauf, sie noch einmal zu notieren. Sie ging ohnehin davon aus, dass sie ihr Aussehen verändert hatten.

Sofia setzte sich auf den Boden und blätterte zurück zu Ankes Aussage.

Polizist: Wann haben Sie die Anlage verlassen?

Anke: Es muss halb acht gewesen sein. Wir haben uns ein Taxi bestellt.

Polizist: Wir werden Ihre Aussage prüfen.

Sofia wusste aus dem Bericht, dass das Taxi um kurz nach halb acht beim Hotel angekommen war und ein deutsches Paar nach Kallithea gefahren hatte. Sie überflog die Details der Aussage, bei denen es sich um den Abend der Grüters handelte. Weiterhin interessierte es sie nicht, ob das Ehepaar gesehen worden war oder ihre Angaben, wo sie genau waren, stimmten.

Polizist: Wann sind Sie in die Anlage zurückgekehrt?

Anke:Das weiß ich genau. Die Animation war seit zehn Minuten vorbei. Ich habe auf die Uhr geschaut. Wir standen um zwanzig vor elf in der Nähe der Bühne.

. . .

Das Taxi hatte die Grüters um zwanzig nach zehn abgesetzt. Später erklärte Anke, dass sie sich Zeit gelassen hatten. Christian hatte die Wahrheit nicht umschrieben. Er hätte versucht, Anke dazu zu überreden, Sex mit ihm zu haben.

»Ist ja lächerlich. Als hätten zwanzig Minuten eine Auswirkung auf den Fall gehabt.« Sofia schüttelte den Kopf und notierte zwanzig vor elf. Um halb zwölf hatten die Grüters die Polizei gerufen. Bis dahin hatten sie sich selbst auf die Suche nach ihrem Sohn gemacht. Erst als sie begriffen, dass Melanie, Peter und deren Söhne keine Gäste waren, hatten sie den Ernst der Lage erkannt.

Was die ganze Geschichte für die Grüters noch unglaubwürdiger machte, war die Tatsache, dass sich die Entführer unbemerkt in einer Hotelanlage bewegen, essen und trinken konnten, ohne dass sich jemand an sie erinnerte oder wissen wollte, in welchem Zimmer sie eingecheckt hatten.

Anke: Ich habe immer die Getränke geholt.
Melanie hat mir gesagt, dass Peter nicht
all-inclusive buchen wollte. Das Abendessen
wird in Buffetform angeboten. Daher gibt es
dort keine Bedienung.

. . .

Dass Anke und Christian keine Hilfe vom Hotel erwarten konnten, verstand Sofia sogar. Immerhin warben sie damit, dass das Luxusresort bewacht wurde. Es würde sich nicht gerade mit Ruhm bekleckern, würde rauskommen, dass niemand von vier Personen Notiz genommen hatte.

Timo war jetzt mehr als achtundvierzig Stunden fort und die Regel besagte, dass die Chancen, ihn lebend zu finden, mit jeder Stunde sanken. Daran dachte Sofia aber nicht, da Nico und Tyler noch am Leben waren. Warum? Das Motiv zu ergründen, war Lauras Aufgabe, ihr Ziel war es, Timo und die anderen Kinder lebend ihren Familien zurückzubringen.

## 8

Wie oft hatte sie die Frage schon in Filmen, Büchern oder True-Crime-Storys gehört und gelesen?

*Was würdest du tun, um dein Kind zu retten?*

Wenn nichts auf dem Spiel stand, man nicht über die Konsequenzen nachzudenken hatte, weil die ja der Protagonist aus dem Film oder Buch mit ihnen leben musste, war die Antwort ganz einfach: alles. In Wirklichkeit war aber rein gar nichts einfach.

Seit mehr als drei Tagen hatte sie ihren Teil des Auftrags erledigt, um ihr Kind wiederzubekommen. Sie wusste, was sie mit den entführten Kindern machten und wenn sie darüber nachdachte, was sie die meiste Zeit vermied, hasste sie sich dafür, dass sie ihnen half.

Jemand mit einer Skimaske über dem Kopf schloss die Zimmertür auf und reichte ihr ein Handy. Christine nahm es entgegen und hielt es sich widerwillig ans Ohr. Ein neuer Auftrag? Was musste sie noch alles tun?

»Gute Arbeit.« Sie kannte die Stimme. Eiskalt. Sie hatte den Menschen nie getroffen und hoffte, dass das auch weiterhin so blieb. »In drei Stunden wirst du in Kassandra, Paliouri Beach, erwartet. Hinter dem Beach-Club befindet sich eine Hotelruine, die du betrittst, und du bekommst deine Belohnung.«

»Welche ...«

Er hatte aufgelegt.

Keine Sekunde später kam der Mann zurück, der ihr das Handy gegeben hatte, nahm es an sich und zog sie von der Pritsche, um sie hinauszuführen. Christines Beine knickten ein, doch der Kerl hielt sie weiter am Arm fest. Er machte keinerlei Anstalten, zu warten, bis sie sich beruhigte und wieder stand. Mühsam rappelte sie sich auf und ging neben dem Mann her nach draußen, bis zu einem Lieferwagen. Er schubste sie auf den Beifahrersitz, knallte die Tür zu und setzte sich einige Sekunden später hinters Steuer. Dann rollte der Wagen vom Parkplatz auf die Straße.

Die Belohnung, von der die Rede war, bedeutete

das, sie würde freigelassen werden? Was war mit ihrer Tochter? Würde Christine sie wieder sehen? Würde man die anderen auch gehen lassen? Was dann? Müsste sie jeden Tag ihres Lebens mit der Angst leben müssen, dass sie bewacht wurde und sie sie irgendwann doch töten würden? Es war alles eine so grauenhafte, aussichtslose Situation. In den vergangenen Wochen hatte sie sich so oft gefragt, warum ausgerechnet ihre Familie in diese Scheiße geraten war. Hätten sie nicht jemand anderen auswählen können? Die Nachbarn, die sich an keine Regeln hielten, den Chef, der ohnehin nur auf dem Golfplatz war und sich nur selten in der Firma sehen ließ?

Christine dachte an ihren Mann, den sie vollkommen im Ungewissen zurücklassen musste, der beobachtet wurde und der, wenn er die Polizei eingeschaltet hätte, längst tot wäre. Aber genau aus diesem Grund hatte sie ihm nicht verraten, was wirklich vorgefallen war.

Wie sollte sie weiterleben? Mit dem, was sie getan hatte? Was sie einer anderen Familie angetan hatte? Es hatte so viel auf dem Spiel gestanden. Die Leben ihrer Liebsten. Sie haben ihr nicht einmal Zeit gelassen, um darüber nachzudenken. Auf dem Video hatte man eine Waffe an die Schläfe ihrer Tochter gehalten.

»Dreißig Sekunden. Du bestimmst über Leben und Tod.« Und sie war mitgegangen, ihren Mann unwissend zurücklassend. Was hätte sie auch anderes tun sollen? Sie war nun mal nicht die Heldin, die man aus Filmen kannte, hatte keine Pläne in der Hinterhand. Es war alles so schnell gegangen, sie konnte nicht lange überlegen.

Während der ganzen Fahrt sprach der Mann kein Wort, und das war auch gut so. Draußen wurde es dunkel, die Lichter an der Küste funkelten im Meer wie winzige Sterne, die vom Himmel herabgefallen waren. Schließlich bog der Mann auf eine unbefestigte Straße ein und hielt an.

»Da vorne links runter und an der Bar vorbei zu den Ruinen.« Christine wollte aussteigen, aber der Mann zog sie zurück und tastete sie ab. Zur Sicherheit trug sie den Sender Tag und Nacht, denn sie hatte noch immer die Worte im Ohr, was passieren würde, falls sie das Gerät auch nur für ein paar Sekunden ablegte. »Deine Tochter stirbt und dein Mann wird ihr in den Tod folgen.« Selbst wenn sie duschte, klebte sie den Sender ab.

Der Kerl nickte und schubste sie aus dem Wagen. Wenig später hörte sie, wie sich das Fahrzeug entfernte.

Mittlerweile war es stockdunkel. Der Weg, dem sie folgen sollte, war nur spärlich beleuchtet, die Bar längst geschlossen, und das bisschen Licht reichte nicht aus, um eine Ruine zu erkennen. Dennoch stapfte sie im weichen Sand weiter, und da sich ihre Augen an die Dunkelheit gewöhnt hatten, erkannte sie schließlich den Umriss eines Gebäudes auf der rechten Seite. Es lag hinter einem Zaun. Entweder sie müsste darüber klettern oder sie fand irgendwo ein Loch, durch das sie schlüpfen konnte. Christine tastete sich an der Abzäunung entlang in der Hoffnung, einen Zugang zu finden, und endlich fand sie eine Öffnung und schob sich hindurch. Die Ruine lag finster und verlassen vor ihr, der dunkle Eingang hob sich von dem hellen Beton ab. Christine ging vorsichtig darauf zu und betrat das Gemäuer. Unter ihren Schuhen knirschten Glasscherben, rechts und links von ihr befanden sich dunkle Räume. Bis auf ihre Schritte und dem Zirpen der Grillen von draußen waren keine Geräusche zu hören. Christine kontrollierte ihren Atem und ignorierte ihren Herzschlag, den sie bis zum Hals spürte. Sie ging einfach weiter, bis sie gegen etwas stieß. Sie tastete sich daran entlang, versuchte zu erkennen, was es war.

Dann strich ein Lufthauch über ihren Nacken. Jemand war hinter sie getreten, und bevor sie sich ducken konnte, spürte sie die Klinge eines Messers an ihrer Kehle, die so schnell darüber gezogen wurde, dass sie nicht einmal den Hauch eines Schmerzes fühlte. Sie griff sich an den Hals, und ihre Finger tauchten in warmes Blut, das ihr aus der Kehle sprudelte. Christine sank in die Knie, nahm ihre andere Hand zu Hilfe, aber es war völlig sinnlos. So sinnlos wie mit der Hand Wasser zu schöpfen oder einen Abfluss zuzuhalten. Ihr Shirt. Sie könnte versuchen, sich den Stoff auf die Wunde zu pressen.

Während sie darüber nachdachte, gab ihr Körper nach und kippte vornüber auf den Boden. Ihre Hände sanken neben sie.

Das wars.

## 9

DIE WELLEN plätschern leise ans Ufer, kein Lüftchen regt sich, die Nacht hüllt mich ein und hinterlässt nur eine innere Ruhe. Ich zwinge mich, an nichts zu denken, diesen Moment einfach hinzunehmen. In der Ferne ist leise Musik zu hören, Menschen sind nicht zu sehen, die Beach Bars haben bereits geschlossen, und für Jugendliche, die Sex haben oder Drogen nehmen wollen, ist es noch zu früh. Meine nackten Füße wühlen sich in den Sand, mit dem Rücken lehne ich mich an die Tretboote, die tagsüber im Meer liegen und abends festgebunden werden.

»Erledigt.«

Ich blicke nicht auf. Auf ihn kann ich mich verlassen. Er ist kein Mann vieler Worte, und ich weiß, dass er weder Spuren noch die Leiche hinterlassen hat. Mehr brauche ich nicht zu wissen.

»Erledige den zweiten Auftrag.«

Er geht, ohne nachzufragen, denn ich habe ihm bereits erklärt, was er zu tun hat. Ich gebe mich nicht mit Menschen ab, denen ich alles zweimal erklären muss. Bei dieser Operation habe ich ohnehin nur meine engsten Vertrauten an meiner Seite.

Mit den Fingern wühle ich im Sand, spüre die feinen Steine in meinen Handflächen und atme die salzige Luft ein. Schnell sein, sich absichern, immer mehrere Schritte voraus.

Als ich die Lüge enthüllt hatte, galt es sämtliche Hinweise verschwinden zu lassen.

»Er hatte vor, dich reinzulegen und eine Spur gelegt. Eine, die direkt zu mir führt. Ich weiß nicht, ob sie uns finden, aber ich wollte …«

Schon immer habe ich Lügner entlarven können. Es ist so leicht wie Radfahren oder Schwimmen. Es liegt mir einfach im Blut. Stimmlage, Atmung, Hektik. Ich muss sie nicht einmal ansehen. Sie hatte einen Fehler gemacht, und sie wollte die Schuld von sich schieben.

Ich lache, als ich meine Finger aus dem Sand ziehe und sie beim Aufstehen an der Hose abwischte. Ganz egal, was sie mir erzählt hätte, selbst wenn es der Wahrheit entsprach, das Resultat wäre das Gleiche gewesen. Denn sie war eine falsche Schlange, die gegen meine Prinzipien verstoßen hatte.

Sie hatte mir durch ihren Verrat etwas Zeit geschenkt. Zeit, die ich brauchte, um die Zelte abzubrechen und weiterzuziehen. Ohnehin gehe ich davon aus, dass das Spiel erst jetzt richtig losgeht.

# 10

Zum Abend hin hatten sie immerhin das Fahrzeug, die Entführer und die Kinder auf den Satellitenaufnahmen gefunden. Leider war die Freude nur von kurzer Dauer.

Das Auto, das sie ein Stück vom Parkplatz, den Sofia untersucht hatte, abgestellt hatten, war ein Mietwagen und von Sabine und Bernd Scholl am Flughafen angemietet worden. Die Ausweise waren Fälschungen, das brachte sie also nicht weiter. Außerdem war das Auto an einer Kirche in der Nähe des Supermarktes, wo Sofia sich mit dem Piloten traf, gefunden worden. Sie hatte ein Team der Spurensicherung angefordert, aber es würde Zeit in Anspruch nehmen, bis sie eintrafen. Bis dahin hatte sie den Wagen zum Haus überführen lassen.

Per Satellit, und leider dauerte auch der Zugriff darauf eine Weile, hatte Dex das Fahrzeug ermitteln können, mit dem sie von dort aus weitergefahren waren. Ebenfalls ein Mietwagen, den Sabine und Bernd Scholl in Kallithea angemietet hatten. Mit diesem Wagen waren sie bis nach Galatista gefahren, und hier verlor sich die Spur, da sie hinter einer Tankstelle in ein Waldgebiet fuhren und nicht mehr erfasst werden konnten.

»Sie sind vermutlich durch den Wald und dann direkt auf die Autobahn gefahren.« Dex deutete auf die Aufnahmen, und Sofia nickte. Die Schnellstraße war stark frequentiert. Jedes Fahrzeug zu ermitteln, wäre Zeitverschwendung. Sie hatten also den halben Tag damit vergeudet, Gespenstern hinterherzujagen.

Trotz der vielen Stunden konzentrierten Arbeitens lag auf jedem Gesicht ihres Teams ein wacher Ausdruck und der Wunsch, diesen Fall schnellstmöglich zu lösen. Laura war inzwischen mit der Analyse fertig und hatte sich zu ihnen gesellt.

Eine Auswertung der gefundenen Spuren war noch nicht eingetroffen.

Sofia beschloss, mit ihrem Team essen zu gehen, und bat Laura, das vorläufige Profiling zur Besprechung mitzunehmen. Noch immer würde sie sich liebend gerne unter die Dusche stellen, aber sie widerstand dem Drang. Im Waschraum des Restaurants an einer Kirche mitten in Kriopigi, dem Nachbarort, wusch sie sich kurz mit Wasser und Seife und legte das Jackett über ihren Stuhl, als sie zurückkam.

Sie hatten einen Tisch im Freien unter einem Feigenbaum ergattert, und obwohl die Stühle sehr unbequem waren, machte die Dekoration all das wett. Die Preise waren vollkommen in Ordnung, aber die Bedienung ließ auf sich warten. Also bedienten sie sich am Wasser, das glücklicherweise sofort an den Tisch gebracht worden war.

Laura zog einen Notizblock aus ihrer Tasche und legte ihn vor sich, während Antonio darüber meckerte, dass die Kellner im Restaurant standen und sich in aller Seelenruhe unterhielten, anstatt die zahlenden Gäste zu bedienen.

Sofia schnippte mit den Fingern vor seiner Nase herum.

»Die beachten uns gar nicht.« Schimpfend richtete er seine Aufmerksamkeit schließlich auf Laura.

»Um noch mal auf die Skatkarten zurückzukommen: Sie scheinen tatsächlich eine Bedeutung zu haben. Allerdings habe ich nach eingehender Prüfung anhand der Fotos, die wir vorliegen haben, da die Originale im Labor sind, keine besonderen Merkmale, Zeichnungen oder Ähnliches gefunden. Die Pik 9 steht in der Wahrsagerei für Krankheit, Gefahr und schwere Schicksalsschläge. Wege zu einem bestimmten Ziel sind beschwerlich und risikoreich.«

Antonio war noch immer schlecht gelaunt, weil die Kellner ihn nicht beachteten. »Woher hast du eigentlich diese Erkenntnisse? Das sind doch nur Spielkarten, oder nicht?«

Sie bedachte ihn mit einem kühlen Lächeln. »Die Karten haben unterschiedliche Bedeutungen im Okkulten. Ich habe daher die Passenden gewählt. Ob sie zutreffend sind oder nicht, kann nur jemand beurteilen, der wirklich daran glaubt. Aber eine gewisse Symbolik könnte durchaus dahinterstecken, sonst wären sie nicht hinterlassen worden. Und die Kobra scheint sie wichtig zu nehmen, denn wir haben es schließlich nicht zum ersten Mal damit zu tun. Also, um es kurz zu machen, lieber Antonio, ich glaube nicht an Übersinnliches.« Sie blickte ihn fest an.

Er warf einen Blick zu den Kellnern und zuckte mit den Schultern.

Sie räusperte sich. »Der einzige Grund, warum die Karten bei drei entführten Kindern hinterlassen wurden, ist meiner Meinung nach der, dass die Kobra auf sich aufmerksam machen wollte.«

»Uhh, ist ja toll. So weit sind wir schon.« Antonio hob die Hände. Sofia warf ihm einen strengen Blick zu, richtete ihn aber direkt danach auf Laura. Sie war neugierig zu erfahren, was die Profilerin zusammengestellt hatte und ob sich Teile daraus mit ihren eigenen Vermutungen deckten.

Laura beachtete Antonio nicht. »In den vergangenen elf Jahren haben wir Material zur Kobra angesammelt, und daraus resultierend wurden Profile zusammengefasst, aus denen ich einen *Crime Analysis Report* erstellt habe. Ein Fragebogen, entwickelt vom FBI, in dem ich alle Details über seine Verbrechen erfasst habe. Er enthält 186 Fragen zu allgemeinen Angaben, Informationen zu den Opfern und über den oder die Täter, in dem Fall die Kobra und mögliche Verbündete.« Sofia starrte sie mit runden Augen an. »Keine Angst, es ist nicht notwendig, die Akte durchzuarbeiten, da der Inhalt uns hier am Tisch ohnehin bekannt ist. Sie dient letztlich dazu, alles zentral in einem Dokument griffbereit vorliegen zu haben. Ihr bekommt dennoch einen kurzen Überblick.« Laura lächelte in die Runde. »Die Kobra, richtiger Name ist unbekannt, ebenso das Alter. Ich schätze ihn zwischen vierzig und fünfzig Jahre ein. Größe, Gewicht, Augenfarbe, Haarfarbe, besondere Merkmale konnten über die Jahre nicht festgestellt werden. Die Kobra agiert äußerst vorsichtig und vermeidet persönlichen Kontakt, wenn möglich. Er nutzt ein ausgeklügeltes Netzwerk von Verbündeten und Verbindungen, um seine illegalen Aktivitäten zu unterstützen. Ich vermute, dass er komplexe finanzielle Tarnungen und Geldwäschemechanismen verwendet, um illegitim sein Geld zu verbergen. Es gibt begrenzte Informationen über seine Identität, physischen Merkmale oder Aufenthaltsort. Die Hauptbeweismittel bestehen aus abgefangenen Kommunikationen, Zeugenaussagen von Kooperationspartnern und beschlagnahmten Drogen-,

Waffen- und Geldlieferungen. Die Skatkarte Pik 9 gehört, seit er auf der Bildfläche erschienen ist, zu seiner Signatur.« Laura blätterte die Seite um. »Jetzt kommt der spannende Teil. Die Entführungen liegen mindestens vier Jahre zurück, lediglich bei drei Kindern hat man eine Karte gefunden. Drei Kinder, die innerhalb der letzten zwölf Monate entführt wurden. Die Zeit davor war er nicht involviert, denn er wurde mit zahlreichen anderen Verbrechen in Verbindung gebracht, die übrigens nichts mit Kindern zu tun hatten. Und da komme ich schon zu meinen weiteren Überlegungen. Welche Motivation treibt ihn hier an? Warum hat er bei den letzten drei Opfern Karten hinterlassen, und weshalb glaube ich, dass er erst seit einem Jahr dabei ist und dass das alles nicht zusammenpasst?«

Sofia hatte sich all das auch schon gefragt, war aber zu keinem für sie logischen Ergebnis gekommen.

»Glaubst du, dass die Kobra gar nicht involviert ist? Dass jemand mit Absicht seine Signatur verwendet hat?« Maria goss sich ein weiteres Glas Wasser ein und trank es in einem Zug leer. Dabei schielte sie zu einem Kellner, der einen Tisch neben ihrem abräumte.

»Das wäre natürlich auch eine Überlegung. Aber hier stellt sich ebenfalls die Frage nach dem Motiv. Wenn eine Organisation vier Jahre lang Kinder entführt und bislang unentdeckt blieb, keine Spuren hinterlassen hat, warum sollte sie plötzlich die Ermittlungen in eine andere Richtung lenken wollen?« Laura runzelte die Stirn. »Hauptsächlich ist die Kobra auf der europäischen Fahndungsliste aufgrund internationalen Drogenhandels, Waffenschmuggels und -handels, Menschenhandels, organisierter Kriminalität, Terrorismusfinanzierung, Korruption, Erpressung und Schutzgelderpressung. Angesichts dessen passt diese Art von Verbrechen nicht zur Kobra, was diesen Fall noch schwieriger macht.«

»Als ob die Kobra ein Gewissen hätte oder Prinzipien folgen würde.« Antonio klopfte mit einem Messer gegen das Glas, in der Hoffnung, von irgendjemandem bedient zu werden.

Sofia zuckte mit den Schultern. »Durchaus möglich.« So verhasst ihr die Kobra auch war, sie glaubte tatsächlich daran, dass er keine unschuldigen Kinder tötete oder sie an jemanden verkaufte. Aber vielleicht steckte etwas ganz anderes dahinter.

»Auf jeden Fall sind alle Entführungen äußerst planvoll durchgeführt worden. Wir haben einen oder zwei Lockvögel mit Kindern in deren Obhut. Da Letztere, zumindest bei Timo, ebenfalls entführt wurden, gehe ich davon aus, dass sie auf die Aussicht hin, freizukommen, gezwungen wurden mitzumachen. Das Motiv der Erwachsenen ist mir noch nicht klar. Da kann ich leider nur raten.«

»Dann teile uns mit, was du vermutest.« Sofia hat einfach eine weniger formelle Ansprache gewählt.

Laura schien es nicht einmal zu bemerken. »Meine Intuition sagt mir, dass in diesem Fall Melanie und Peter ebenfalls gezwungen wurden. Es kann aber auch anders sein …«

Sofia hob eine Hand. »Moment. Wie kommst du darauf?«

Laura ließ sich absolut nicht aus der Ruhe bringen, sondern blickte sie mit festem Blick an. »Ein Mann, also Peter, dem würde ich eher zutrauen, mitzumachen, aus Geld oder welchen Gründen auch immer. Aber eine Frau … Sie muss schon sehr abgebrüht sein. Außerdem«, fügt sie an, »passen die Personenbeschreibungen nicht zu den älteren Fällen. Jemand kann sein Aussehen verändern, die Größe um ein paar Zentimeter, aber diese Abweichungen um zehn oder fünfzehn Zentimeter, die ich gefunden habe, passen definitiv nicht.«

Endlich kam eine Kellnerin und nahm ihre Bestellungen auf. Nachdem die Getränke kamen und sie sich zugeprostet und getrunken hatten, forderte Sofia Laura auf, weiterzusprechen.

»Eine weitere Möglichkeit wäre eine Sekte, die aus ihrem Glauben heraus bestimmte neue Mitglieder entführt. Aber da passt so viel nicht zusammen und es gibt keine eindeutige Verbindung zwischen den Kindern und deren Eltern. Ich habe alle Berichte durchgearbeitet, um etwas zu finden, aber da ist nichts. Kein andersartiger Glaube in der Vergangenheit der

Eltern oder der Verwandten, keine bestimmte Kirchenzugehörigkeit.«

Die Vorspeisen wurden an den Tisch gebracht. Zu Antonios Beruhigung ging das schneller, als überhaupt etwas zu bestellen. Gierig bestrich er das Brot mit Zaziki, biss ab und lehnte sich wohlig seufzend zurück.

Sofia griff nach einigen Oliven und platzierte sie auf ihrem Teller, ohne sie zu kosten. »Hast du eine Vermutung, was noch dahinterstecken könnte?« Dabei schob sie eine der Oliven in ihren Mund.

Laura bestrich ein Brot mit einer Aubergine-Creme. »Das einzig Logische, was mir einfällt, ist Organhandel.« Sie nahm einen Bissen, kaute darauf herum und steckte den Notizblock zurück in ihre Tasche. »Nur eine Vermutung.« Sie zuckte mit den Schultern.

»Die Kinder sollen entführt worden sein, um ihre Organe zu entnehmen und weiterzuverkaufen?« Maria schaute auf ihr Brot in der Hand, ließ es sinken und strich sich durch die dunklen Locken. »Heilige Scheiße«, murmelte sie.

»Alles ohne Gewähr«, sagte Laura und blickte zu Dex, der sich überhaupt nicht in das Gespräch einbrachte. Er trank Cola und stopfte ein Brot nach dem anderen in sich hinein.

»Was denn? Ich bin kein Profiler.« Er nuschelte mit vollem Mund. »Ihr wolltet, dass ich mitkomme.«

Die Vorspeisen waren schneller aufgegessen, als es

gedauert hatte, bis die Kellner sie brachten, und Sofia stapelte die Teller übereinander und lehnte sich auf den Tisch. »Wir sollten unsere Kräfte schonen und uns ausruhen, wenn wir zurück in der Villa sind.«

Ein erleichtertes Raunen ging durch die Reihen.

Kurz darauf kamen zwei Kellner an ihren Tisch und servierten die Hauptspeisen. Sofia hatte gegrillten Tintenfisch mit Gemüse bestellt. Im Gegensatz zu ihren Kollegen stocherte sie lediglich in ihrem Essen herum. Wie Laura fiel es ihr ebenfalls schwer, die Kobra in diesen Fall einzuordnen. Dennoch ergab es wenig Sinn, dass man absichtlich von sich ablenkte, um jemanden zum Hauptverdächtigen zu machen. Ihr Bauch sagte ihr, dass die Kobra im Spiel war, ihr Kopf allerdings zweifelte daran.

Irgendwie hatte Sofia kaum in den Schlaf gefunden. Sie hatte einmal in das Gemüse gepikst, wenig Alkohol getrunken und war frisch geduscht ins Bett gegangen, dennoch hielt der Gedanke an die Opfer und die Aussicht darauf, dass ihre Körper ausgeschlachtet wurden, sie wach. Wie musste es den Eltern gehen, die ihre Kinder tot glaubten oder sogar hofften, dass sie lebendig gefunden würden? Ihre Gedanken kreisten um die Möglichkeit, dass sie es nicht mit der Kobra zu tun hatten, aber egal, wie sie es drehte und wendete, ihre Aufgabe war es, unschuldige Kinder zu retten.

Irgendwann nach Mitternacht bekam sie die E-Mail von van der Berg, dass die DNA aus dem Haargummi vorlag. Er würde sich wieder melden, wenn er weitere Ergebnisse zur Person vorliegen hatte. Obwohl Sofia es vor Neugier kaum aushielt, hielt sie es für die beste Vorgehensweise. Möglicherweise hatte diese nichts mit dem Fall zu tun, weil das Haargummi nicht von der Täterin stammte. Diese Informationen würden sie ohnehin nicht mehr heute Nacht herausfinden. Also legte sie sich ins Bett und lag so lange wach, bis sie schließlich die Erschöpfung übermannte und sie einschlief.

Als der Wecker sie um sechs Uhr aus dem Schlaf rüttelte, fühlte sie sich nicht besser als gestern Nacht. Dennoch kämpfte sie sich aus dem Bett, zog sich an und ging runter in die Küche. Durch die Terrassentür entdeckte sie Laura im Pool schwimmend. Dex war bereits, oder noch immer, im Nebenzimmer. Sie erkannte seine Gestalt hinter einem flackernden Bildschirm. Ansonsten war es ruhig im Haus. Maria und Antonio waren vermutlich in ihren Zimmern.

Sofia nahm sich eine Tasse Kaffee, den Laura oder Dex aufgebrüht hatten, und ging nach draußen, um sich auf eine der Liegen zu setzen. Heute trug sie kein Jackett, allerdings eine frische, ärmellose Bluse und eine lange Hose dazu. Um die Uhrzeit war es noch nicht so heiß, aber der dunkelblaue, wolkenfreie Himmel versprach eine ähnliche Hitze wie gestern. Sie lehnte sich auf der Liege zurück. Wenig später stieg Laura aus dem Pool, wickelte ein Handtuch über ihren Körper und setzte sich an ihr Fußende, um in den Garten zu blicken.

»Die DNA-Ergebnisse liegen vor.«

Laura drehte sich zu ihr. »Und?«

Sofia nippte an dem Becher. »Noch nichts weiter. Van der Berg wird uns auf dem Laufenden halten.«

Laura strich das feuchte Haar nach hinten und wrang das Wasser aus. Dann stand sie auf und tapste leichtfüßig zum Haus. »Bis gleich.«

Sofia nickte ihr zu und nahm noch einen Schluck Kaffee, als ihr Handy klingelte. Van der Berg.

»Wir haben weitere Spuren auf dem Haargummi gefunden.« Er begrüßte sie nicht. Das hätte sie auch nicht erwartet. So wie sie ihn kennengelernt hatte, waren das überflüssige Floskeln, die nur wertvolle Zeit vergeudeten.

»Gibt es schon Infos zur DNA?« Sofia setzte sich auf.

»Wir arbeiten mit Hochdruck daran.« Noch immer wollte er sie nicht darüber in Kenntnis setzen, von wem die Spuren stammten. Besser war es, sie im Ungewissen zu lassen, bis er weitere Informationen vorliegen hatte.

»Welche Spuren?«

»Ich melde mich, Sofia.« Er legte auf. Sofia streckte sich auf der Liege aus und schloss die Augen. Es wäre so schön, hier einzuschlafen, mit dem Gedanken, dass sie ihren Urlaubstag genoss und sich von vorn bis hinten bedienen lassen würde. Wie lange hatte sie keinen Urlaub mehr gehabt? Sie konnte sich nicht erinnern. Also war es schon eine Ewigkeit her. Aber diese paar Minuten Auszeit erfüllten Sofia bereits mit einer Zufriedenheit, aus der sie die Kraft für den kommenden Tag schöpfte.

# 11

*BOMBEN SCHLAGEN in der Nähe ein, aber für den Moment sind wir in Sicherheit. Es ist heiß, Sand knirscht in meinen Zähnen, reibt in den Augen, doch obwohl es störend ist, ist das nicht meine Hauptsorge. Der Mann in meinen Armen, mit seinem Oberkörper liegt er auf meinen Beinen, Blut tropft mir auf die Finger, während ich seinen Kopf stabilisiere und in sein dreckverschmutztes Gesicht blicke.*

*»Es … es ist …« Er hustet, bäumt sich auf, seine Miene ist schmerzverzerrt. Um seinen Mund bilden sich blutige Spuckefäden, die jetzt an seinem Kinn hinablaufen.*

*»Es ist mir egal, was du sagen willst, behalte es für dich, bis Rettung kommt.« Während ich es ausspreche, weiß ich, dass er nicht mehr lange durchhalten wird. Sein Körper wurde von Granaten durchlöchert, er ist eiskalt und bereit zu sterben. Das weiß er. Das weiß ich.*

*Auch wenn ich mich in größte Gefahr begebe, bleibe ich bei ihm. Ich habe noch genügend Zeit zu fliehen, wenn er seinen letzten Atemzug getan hat. Wir haben für die gleiche Sache an unterschiedlichen Fronten gekämpft, aber am Ende, waren wir zwei Menschen, die sich schätzten.*

*»Du … musst mir … mir ein …« Er hustet wieder, und ich bin sicher, dass es das letzte Mal ist, doch er wendet den Kopf, sieht mich an und spricht plötzlich klar und deutlich. Und als ich die Worte höre und ihm verspreche, dass ich tue, worum er mich gebeten hat, schließt er die Augen und stirbt an meiner Seite.*

Wie oft habe ich mir gewünscht, dieser Traum würde mich eines Tages nicht mehr nachts heimsuchen, würde mich endlich vergessen lassen, was mich so sehr plagte und wofür ich die Mitschuld trage. Aber es ist, als sollte ich an alles erinnert werden, was ich verloren habe und was ich bereit bin zu tun, nur um mein Versprechen zu halten. Wenn ich nach diesem oder einem ähnlichen Traum, der genau davon handelte, wach werde, versuche ich, ihn so schnell wie es geht zu vergessen. Ich lenke mich ab.

Es wäre der ideale Ort gewesen, hätte diese gehirnamputierte Idiotin nicht eine Spur hinterlassen.

Zu früh. Eigentlich bin ich noch nicht so weit, es steht einfach zu viel auf dem Spiel. Man scheint mir weiterhin nicht zu vertrauen, und erschwerend kommt hinzu, dass ich jemand ganz Bestimmtes für die Ermittlungen vor Ort haben möchte.

In der Nacht hatte ich Anweisungen gegeben, und die waren prompt ausgeführt worden. In den Morgenstunden hatte man mir mitgeteilt, dass alles erledigt wurde. Nachdem ich den Transfer organisiert hatte, ordnete ich sofort auch den Rückzug an. Meine engsten Vertrauten wissen, was dann zu tun ist und sie lösen die Aufgabe mit einer Perfektion, die mir absolute Befriedigung bereitet. Selbst, wenn die lokalen Ermittlungsbehörden die Spuren nicht entdecken, wovon ich eigentlich insgeheim ausgehe, werde ich mich nicht dem Risiko aussetzen, dass dennoch jemand etwas findet, was sofort zu mir führt.

Als ich im Boot sitze und die Gischt in mein Gesicht spritzt, bin ich mit mir im Reinen. Es war die richtige Entscheidung, den Ort aufzugeben, alles Weitere schon jetzt in die Wege zu leiten, in der Hoffnung, man würde anbeißen.

*Ich weiß, dass mein Gefühl mich nie trügt. Nie. Es hat immer gestimmt, wenn ich vorsichtig war. Das ist ein Teil meines Erfolges. So wird es auch jetzt sein.*

Und es ist doch immer so: Wenn eine Tür sich schließt, öffnet sich eine andere.

## 12

Den Morgen über warteten sie auf die DNA-Analyse und die daraus resultierenden Ergebnisse und trugen währenddessen alle Informationen, die sie zu den anderen Vermisstenfällen fanden, zusammen. Sofias Augenmerk lag dabei auf den Eltern und im Speziellen darauf, ob sie eigenständig etwas unternommen hatten, als sie in ihre Heimat zurückgekehrt waren. Sofia versuchte, Distanz zu den Fällen zu wahren, doch je mehr sie sich einlas, desto schwieriger fiel es ihr. Sie hatte zwar keine Kinder, aber die Verzweiflung der Eltern war aus den Berichten deutlich herauszulesen, sodass sie nach jeder Akte eine kurze Pause machen musste. Bald steckte sie allerdings emotional zu tief in den einzelnen Fällen. Sofia hatte es sich zur Aufgabe gemacht, die Kinder zu finden und sie ihren Eltern zurückbringen. So rätselhaft die ganze Geschichte auch war, sie war sich sicher, das Geheimnis mit ihrem neuen Team zu lüften.

»Es sieht so aus, als wären die Zielpersonen gezielt ausgewählt worden.« Laura stand auf und ging an die Wand, um bei den Fotos der anderen entführten Kinder stehen zu bleiben. Während sie erzählte, kehrte sie ihrem Team den Rücken zu. »Hier, hier und hier haben wir eine Frau mit einem Jungen, die allein reisende Mütter mit ihren Söhnen ausgewählt hat, um die Kinder zu entführen. Hier haben wir einen Vater mit einer Tochter und einen Mann mit einem Mädchen.« Sie drehte sich um. »Die Beschreibungen der Täter passen nicht zusammen. Es sind also immer andere Personen.«

»Was ist mit den Kindern, die sie dabeihatten?«, fragte Maria.

»Ich habe die Fotos mit den Beschreibungen verglichen.« Laura nahm fünf Bilder der entführten Kinder ab und teilte sie unter den anderen Vermisstenfällen ein. Nico und Tylers Fotos hingen bereits unter Timos Foto.

»Wie gehen sie also vor?« Sofia stand auf und ging im Raum auf und ab.

»Wenn sie gezielt ausgewählt wurden, wie du vermutest, Laura, müssen sie beobachtet worden sein.« Antonio lehnte sich zurück und verschränkte nachdenklich die Arme vor der Brust.

Laura nickte langsam. »Davon gehe ich aus, ja.«

»Dann haben wir es mit etwas Größerem zu tun, als wir angenommen hatten.« Sofia seufzte und legte die Akte, in der sie gerade gelesen hatte, auf den Tisch. Half ihnen diese Information weiter, um die Täter und die Kinder zu finden?

»Was sind eure Gedanken dazu?« Manchmal war es gut, wenn erste Denkansätze gemeinsam besprochen wurden, um sich durch ein Dickicht an Ungereimtheiten zu kämpfen.

»Meine Theorie kennt ihr schon.« Laura setzte sich zurück an den Tisch, als niemand etwas sagte.

»Es gibt keine falschen Antworten«, ermutigte Sofia ihr Team.

Maria blickte starr vor sich auf den Tisch. »Es wurden überwiegend Kinder entführt, die aus einem stabilen Elternhaus stammen. Alter, äußerliche Merkmale oder Geschlecht spielten dabei keine Rolle.« Sie hob den Kopf und sah zu den Fotos, die an der Wand hingen. »Irgendetwas müssen sie aber gemeinsam haben, wenn sie wirklich beobachtet und explizit ausgewählt wurden.«

Sofia nickte ihr zu. »Guter Ansatz.«

»Aber wie sollte uns das helfen, die Bande zu fassen?« Antonio hob die Schultern. »Nichts gegen deine Überlegungen, Maria, selbst wenn wir eine klare Verbindung ausmachen würden, wie hilft uns die dann, die Täter zu finden?«

Statt beleidigt zu sein, sagte Maria: »Wir könnten

so die Helfer ausfindig machen, die uns zu den Schuldigen führen.«

Antonio schien das nicht zu gefallen. Er lehnte sich zurück, schlug die Beine übereinander und brummte vor sich hin.

Sofia startete eine Offensive. »Was geht dir im Kopf herum, das du nicht aussprichst?«

Antonio antwortete nicht sofort. Schließlich räusperte er sich. »Ganz ehrlich? Ich will die Kinder finden und die Täter zur Strecke bringen. Über das Wie und Warum kann ich mir hinterher Gedanken machen.«

»Die meisten Verbrechen werden dadurch gelöst, dass man genau das Wie und Warum herausgefunden hat.« Laura blickte ihn fest an, dabei saß sie so gerade am Tisch, dass Sofia unwillkürlich die Schultern streckte, um nicht wie ein nasser Sack zu wirken.

Antonio nahm das übergeschlagene Bein herunter und lehnte sich vor. »Ja, und wie viel länger hat das gedauert?« Er blickte sie nun ebenfalls an. »Manch ein Opfer hätte vor weiterem Leid bewahrt werden können.« Sofia wusste, wovon er sprach, immerhin war er selbst betroffen und hatte ein Familienmitglied verloren, nur wollte sie das Thema, das ihn quälte, nicht ansprechen. Das musste er schon selbst machen, wenn er bereit dazu war.

»Okay, Leute. Wir haben das Privileg, dass wir uns auf die Fälle konzentrieren dürfen. Das heißt, wir bekommen Rückendeckung und gewisse Aufgaben geben wir ab.« Sofia blickte jeden von ihnen an. Dex saß hinter einem Monitor und es war okay für sie, dass er sich nicht in die Diskussion einklinkte. Sie hatten ohnehin zwei Tage verloren, weil die Fahndung nach den Entführern, dem Opfer und den Jungen erst wirklich eingeleitet wurde, als sie den Fall übernommen hatten. Die Verantwortlichen könnten längst über alle Berge sein.

»Ich werde die Überlegungen an van der Berg übermitteln, der soll ein Team drauf ansetzen.« Bevor sie die kurze Besprechung auflöste, fügte sie noch hinzu: »Wir dürfen nicht vergessen, dass Timo, Nico und Tyler vielleicht längst außer Landes gebracht worden sein könnten.«

Sofia setzte sich mit ihrem Laptop nach draußen an den Pool, um eine E-Mail an van der Berg zu verfassen. Kurz darauf erhielt sie eine Nachricht von ihm, sie solle ihren Posteingang checken, da es neue Erkenntnisse zu den Spuren am Haarband gab. Sofia las die ersten Sätze und trommelte das Team erneut zusammen. Sie druckte den anhängenden Bericht für jeden einmal aus, stellte sich an die Wand mit den angepinnten Notizen und pinnte ein Foto unter die Phantomzeichnung. Die Ähnlichkeit war nicht zu verkennen. Das Haargummi war ein Volltreffer.

»Christine Müller, alias Melanie, zweiunddreißig

Jahre alt, zuletzt wohnhaft in Hamburg, Mutter eines fünfjährigen Sohnes, verheiratet mit Karsten Müller, arbeitet halbtags als Sekretärin beim Wohnungsbauamt. Vor zwei Wochen ist sie mit ihrem Sohn in eine angeblich Mutter-Kind-Kur ins Allgäu gefahren. Christine ist mit ihrem Sohn David nie dort angekommen, geschweige denn, hat die Krankenkasse diese genehmigt. Niemand hat Mutter und Kind seitdem gesehen. Heute Morgen ist David Müller mit dem ersten Flieger am Flughafen in Hamburg gelandet. Er war nicht in Begleitung der Mutter oder einer anderen Aufsichtsperson. Eine Stewardess hat sich um ihn gekümmert und die Behörden verständigt, bevor sie gelandet sind, da der Junge gestresst wirkte und kaum sprach. David ist nun bei seinem Vater und beide werden in den nächsten Stunden befragt.«

»Also scheint sich die Theorie zu bestätigen, dass die Entführer unter Druck gesetzt wurden«, sagt Laura.

»Und Christine Müller, unsere Melanie, ist nicht mehr am Leben.« Antonio seufzte.

»Ich will nicht die Hoffnung darauf setzen, dass David Müller uns sagen kann, wo er festgehalten wurde. Aber sobald es etwas Neues gibt, werden wir informiert.« Sofia widmete sich wieder dem Bericht. »Auf dem Haargummi wurden unter anderem Blütenstaubspuren sichergestellt. Diese stammen aus einer bestimmten Region Chalkdikis.«

»Athos?« Antonio blickte vom Ausdruck auf und runzelte die Stirn. »Der Bereich der drei Finger, wo die Klöster sind.«

Sofia nickte.

»Frauen dürfen die Klöster nicht betreten«, sagte er und las den Bericht weiter.

»Der Berg Athos ist eine Bergkette auf der Halbinsel Chalkidiki in Nordgriechenland. Es ist ein Gebiet von großer spiritueller Bedeutung für die orthodoxe christliche Welt und wird oft als ›Heiliger Berg‹ bezeichnet. Wenn das nicht zu meiner Sektentheorie passt.« Laura hatte diese Informationen nicht aus dem vorliegenden Bericht. Abgesehen von Sofia, hatte wohl jeder bereits von den Klöstern gehört.

»Die Zwanzig-Kilometer-Grenze, auch als ›Agion Oros‹ bezeichnet, ist eine Sicherheitszone rund um den Berg Athos. In diesem Bereich sind nur wenige Ausnahmen erlaubt, und der Zugang ist stark eingeschränkt. Die Proben entsprechen denen der Flora und Fauna dieser Gegend.« Sofia war sich sicher, dass sie dort die Kinder fanden. Dex war bereits hinter einem Monitor verschwunden. »Ich sehe mir die Aufnahmen der Satelliten an«, murmelte er.

»Wie lange brauchen wir bis nach Athos?«

Dex antwortete, ohne hinter seinem Monitor aufzutauchen. »Etwa drei Stunden.«

»Wir werden nicht so einfach da reinspazieren

können.« Antonio hatte den Bericht auf den Tisch gelegt und war aufgestanden.

»Außerdem gebe ich zu bedenken, dass ein Kind zurückgekommen ist.« Laura blieb sitzen. »Ohne die Mutter. Ich kann mir vorstellen, dass sie ausgeschaltet wurde, weil sie Spuren hinterlassen hat.«

»Und? Weiter?« Antonio verlagerte das Gewicht von einem aufs andere Bein. Er war ein Macher, wollte sofort an die Front. Mit Theorien konnte er nichts anfangen. Aber er musste sich daran gewöhnen, dass er ab jetzt mit einem Team arbeitete.

»Ganz einfach, Tony.« Sie stand nun auch auf und baute sich vor ihm auf. Der Spitzname schien ihm nicht zu gefallen, da er sie aus verengten Augen anstarrte.

»Sie haben Christine Müller ausgeschaltet und ihre Basis, falls diese sich auf Athos befunden hat, wird längst aufgelöst sein.« Sie klopfte ihm im Vorbeigehen auf die Schulter.

Antonio ballte die Hände zu Fäusten, steckte sie in seine Hosentasche und folgte ihr.

Bevor sie losfuhren, traf die Spurensicherung ein, um die sichergestellten Fahrzeuge, die auf dem Grundstück standen, zu untersuchen. Sofia gab die Leitung an Dex ab, stieg mit dem Rest des Teams in den Wagen und fuhr los. Antonio saß neben ihr, die Rückbank teilten sich Maria und Laura.

»Ich brauche Zutritt zur Agion Oros, auf Athos.« Sofia steuerte den Wagen über die Landstraße, während sie mit van der Berg telefonierte. Der informierte sie gar nicht erst über mögliche Probleme, sondern trennte die Verbindung ohne eine weitere Erklärung.

Als sie jedoch dort ankamen, wurde Sofia eines Besseren belehrt. Die Bergpolizei versperrte ihnen den Weg. Sie stiegen aus dem Wagen in die Hitze hinaus, sie war im Kampfmodus und ging mit großen Schritten auf die Männer zu, die an einer Schranke standen und sich aufbauten, um ihre Macht zu demonstrieren.

»Möglicherweise hat sich hier ein Verbrechen ereignet. Wir sind von Eurocrime, Europol, Agent Sofia Shrader.« Sie zeigte ihre Marke vor.

Einer der Männer nahm den Ausweis entgegen und begutachtete ihn von allen Seiten, bevor er ihn zurückgab. Er gab ein lautloses Zeichen an seinen Kollegen weiter, der etwas belustigt grinste und dabei die Augenbrauen nach oben zog.

Sofia straffte die Schultern. »Wir suchen diese Personen. Sind sie vor zwei Tagen hier durchgekommen?« Sie zeigte die Fotos von Christine und der drei Jungen sowie das Phantombild von Peter. Beide

Männer schauten die Bilder an und schüttelten nach einer Weile den Kopf.

»Kein Durchgang.« Einer der Wachposten drängte sie zurück. Er schien überhaupt nicht gehört zu haben, worum es ging. Sofia unterdrückte die Wut und wollte gerade anfangen, den unverschämten Kerlen vor ihr ihre Machtposition zu erläutern. In dem Moment kam Maria zu ihnen und sprach in fließendem Griechisch mit den Männern.

Sofia nickte ihr zu, ging zurück zum Wagen und setzte sich hinter das Steuer. Innerlich kochte sie und krallte ihre Finger ins Lenkrad.

»Wir schleichen uns rein.« Antonio deutete zur Schranke und öffnete die Tür. »Bis du die Genehmigung bekommst, schauen wir uns um.« Sofia konnte Laura im Rückspiegel sehen, die in dem Moment ausstieg.

»Halte uns den Rücken frei. Sie haben uns nicht gesehen.« Antonio folgte Laura aus dem Auto in Richtung Wald und die beiden waren kurz darauf im Unterholz verschwunden. Sofia seufzte und beobachtete Maria, die auf die Männer einredete. Dann rief sie van der Berg an und forderte Unterstützung an.

## 13

Wieder einmal hatte ich recht behalten. Der Rückzug war zur richtigen Zeit erfolgt, als ich den Anruf bekam, dass Ermittler von Europol den Fall übernommen hatten. Obwohl es nicht mehr notwendig war, da ich längst das Lager geräumt hatte, wollte ich es ihnen schwer machen und gab die Anweisung raus, dass sie aufgehalten werden sollten. Aus einem Bauchgefühl heraus ließ ich mir das Team beschreiben. Man teilte mir mit, dass eine Agentin Sofia Shrader die Leitung innezuhaben schien. Eine weitere Person, Maria Santos, versuchte, zu vermitteln. Zwei andere, vermutlich aus ihrem Team, hätten im Fahrzeug gesessen, ein Mann und eine Frau. Details konnte man mir nicht sagen.

Bei dem Namen Sofia Shrader, hörte ich ohnehin nur noch zur Hälfte zu. Sie war also nicht mehr bei

Interpol. Man hatte sie abgeworben, um mich auszuschalten.

Ausgezeichnet. Mein Plan, an dem ich so lange gearbeitet hatte, geht auf. Vermutlich tappt sie noch immer im Dunkeln, was mich betrifft, aber sie hat sicherlich bereits herausgefunden, mit wem sie es zu tun hat. Ich will sie im Spiel haben. Ja, warum auch nicht? Aus ihr ist genau der passende Gegner geworden. Wir waren uns so oft so nah gekommen und dennoch war ich unentdeckt geblieben. So nah, dass ich ihr feines Parfum riechen, ihr Haar berühren und sie hätte töten können, wenn ich es gewollt hätte. Sofia war so gut, es wäre ihr sicherlich gelungen, mich zu entlarven, wenn sie nicht ihren Job hätte erledigen müssen. Wenn sie nicht nach den Vorschriften handeln würde, sondern nach links und rechts schauen würde.

In dem Spiel habe ich einfach einige Regeln geändert. Das musste sein, denn die Vorgehensweise ist gegen meine Prinzipien. Mit diesem ersten Schachzug eröffne ich die Partie und lasse mich auf einen Ausgang ein, den ich diesmal nicht in der Hand habe. Zumindest teilweise. Aber bislang läuft ohnehin alles wie gewünscht. Sie ist hier, übt Druck aus, zwingt mich, den nächsten Schritt zu gehen, und sie wird diese Operation zielführend zum Ende bringen, ohne ihren Gegner zu schnappen. Da bin ich mir ganz sicher, denn ich habe für sämtliche Eventualitäten vorgesorgt, mir alle wahrscheinlichen Züge, die sie machen wird, vorgestellt und jedes Ende mit einer möglichen Lösung in meine Überlegungen einbezogen.

# 14

Benzingeruch umwehte Timos Nase, als er die Augen langsam öffnete, über sich die Unterseite einer Matratze sah und sich aufsetzte, nur um sich sofort wieder hinzulegen. Sein Magen drehte sich um und er hatte das Gefühl, alles um ihn herum würde sich bewegen. Stöhnend griff er sich an den Kopf, der schrecklich schmerzte. Er fühlte sich an, wie damals im Sportunterricht, als ihm jemand einen harten Ball gegen den Hinterkopf geworfen hatte. Speichel sammelte sich in seinem Mund. Timo schluckte ihn stöhnend runter, denn er hasste es, wenn er sich übergab.

»Du bist wach.« Über ihm knarzte es und kurz darauf schwangen sich zwei Beine auf eine Leiter. Es war Louis, der wenig später hinabsprang und sich neben ihn setzte.

»Wo sind wir?« Timo wagte es nicht, sich zu bewegen.

»Kein Plan«, sagte Louis. »Bin auch eben erst aufgewacht.«

*Wieso ist dir dann nicht übel?*

Timo strengte sich an, sich zu erinnern, was vorgefallen war. Aber er konnte sich nur darauf konzentrieren, dass ihm schlecht war und die Schmerzen im Kopf immer schlimmer wurden. Eigentlich würde er am liebsten wieder die Augen schließen, aber Louis war hier und er könnte ihm Antworten auf seine Fragen geben. Timo hatte nur keine Ahnung, was er fragen sollte.

»Sieht aus wie 'ne Konservendose«, sagte Louis plötzlich.

Als wüsste er, wie es war, in einer Dose zu stecken. Dennoch drehte Timo den Kopf zur Seite und musste ihm nach einer Weile zustimmen. Die Wände wirkten tatsächlich wie die Innenseite einer Blechbüchse. Von der Decke hing eine nackte Glühbirne. Wenn Timo seinen Arm ausstrecken würde, könnte er die gegenüberliegende Wand berühren, so eng war der Raum. Erst jetzt bemerkte er den lauten Brummton, der von irgendwoher kam. Es klang wie zu Hause, wenn die Waschmaschine und der Trockner gleichzeitig liefen. Langsam richtete sich Timo auf und drückte die Hand gegen seinen Bauch, um seinen Magen zu beruhigen. »Haben dich deine Eltern auch in ein Zeltlager gesteckt?«

Louis ruckte mit dem Kopf in seine Richtung und starrte ihn verwirrt an. »Hä?«

Timo lehnte sich an die kalte Wand und zog die Knie an. »Damit sie in Ruhe Urlaub machen können.« Er schluckte erneut Speichel runter und drückte die Hand fester gegen seinen Bauch.

Louis wandte den Kopf ab und schnaufte. »Du raffst auch gar nichts.«

Timo wartete auf eine Erklärung, aber stattdessen bemerkte er, dass Louis Schultern anfingen zu zucken, als würde er weinen und nicht wollen, dass er es mitbekam. Dann konnte er seinen Mageninhalt nicht mehr bei sich behalten. Würgend beugte sich Timo über das Bett und erbrach sich auf den Boden.

# 15

Sofia zerfloss in dem aufgeheizten Wageninneren, während sie wartete, bis man sie durchließ. Schließlich kam Maria zurück, setzte sich neben sie und schnallte sich an. »Fahren wir«, sagte sie und deutete auf die Schranke, die inzwischen hochgefahren wurde. Sofia startete den Wagen und rollte an den beiden Männern vorbei, ohne sie eines Blickes zu würdigen. Die Klimaanlage kühlte das Fahrzeuginnere glücklicherweise schnell ab, während sie der Straße folgten.

»Wir dürfen den heiligen Berg, auf dem sich die Klöster befinden, nicht betreten.«

Sofia wollte im Moment nicht nachdenken, ob sie das vielleicht müssten, weil sie eventuell Hinweise fänden, die auf die Klöster deuten könnten. Darüber würde sie sich Gedanken machen, wenn es so weit war. Im Augenblick lag ihr Augenmerk auf der Sperrzone und was sie dort finden würden.

Durch die Bäume war auf der rechten Seite das Meer in der Ferne zu erkennen. Sie folgte der Straße den Berg hinauf und ließ sich nicht von der üppigen Landschaft ablenken.

»Da vorn ist Antonio«, rief Maria plötzlich. Sofia fuhr langsamer und hielt neben ihm. Er stand an einem Feldweg und beugte sich zum Fenster, das sie runterfahren ließ.

»Folgt diesem Weg etwa einen halben Kilometer geradeaus. Dann kommt ihr an ein umzäuntes Gelände und eine Schranke, die euch hineinführt.«

»Du kannst mit uns fahren«, sagte Sofia, aber Antonio schüttelte den Kopf, den Blick Richtung Meer gerichtet. »Ich will etwas überprüfen. Laura erwartet euch.« Er tippte sich an die Stirn, überquerte die Straße und verschwand im Unterholz. Sofia fuhr das Fenster wieder hoch und bog links auf den Weg ein, folgte ihm, bis sie an der offenen Schranke ankam, wo Laura bereits wartete, und sie heranwinkte.

»Da ist Stacheldraht am Ende des Zaunes«, sagte Maria.

Sofia fuhr auf das Gelände und stellte den Wagen ab und blickte zu dem Häuschen, das sich neben der Schranke befand. Es war leer, aber hier hatte jemand aufgepasst, dass niemand das Areal betrat. Oder verließ. Unter den Bäumen entdeckte Sofia eine kleine Kapelle. An einem Ast hing eine Glocke. Neben der Kirche war ein verlassenes überdachtes, aber nicht geschlossenes Gebäude, in dem Tische und Bänke standen. Alles wirkte, als wären Menschen schnell geflüchtet, einige Becher waren umgekippt, Teller mit Essensresten waren auf den Tischen verteilt und wurden von Fliegen belagert. An den Wegen gab es Zelte. Manche waren verschlossen, vor anderen standen Campingstühle.

Laura ließ ihnen einen Moment, um die Szenerie auf sich wirken zu lassen, aber dann trat sie auf sie zu und bedeutete ihnen mit einem Kopfnicken, ihr zu folgen. Sie sagte kein Wort und als sie die Kapelle umrundeten, wusste Sofia, warum. Auf der Rückseite an einem Baum hing eine Frau. Sie war an den Stamm genagelt worden, ihr Kopf neigte sich seitlich hinab, das Haar fiel wirr in ihr Gesicht. Ein tiefer Schnitt in der Kehle klaffte auseinander und bot Tausenden Fliegen den idealen Brutplatz. Sofia ging näher heran, atmete durch den Mund und beugte sich vor, um der Frau ins Gesicht sehen zu können.

»Christine Müller«, sagte sie nach einer Weile und wandte sich ab. Einerseits, um keine Spuren zu verwischen, andererseits, um den Verwesungsgeruch aus ihrer Nase zu vertreiben, was ihr nicht gelingen würde, denn die Aromen klebten an ihren Nasenhärchen und würden sie noch eine Weile begleiten.

»Kommt mit«, sagte Laura schließlich und folgte dem Weg an weiteren Zelten vorbei zu einem Platz, der den Bewohnern als Grillplatz zur Verfügung gestanden haben musste. Tische und Bänke säumten einen großen Kastanienbaum. An einem saß ein Mann mit einem kleinen Jungen, der ihn so fest im Arm hielt, als wolle er ihn nie wieder loslassen. Sofia erkannte beim Näherkommen eine gewisse Ähnlichkeit mit dem Phantombild von Peter. Sie blieb in ausreichendem Abstand stehen und wandte sich an Laura. »Habt ihr ihn schon befragt?«

Die schüttelte den Kopf. »Er steht unter Schock.«

Kein Wunder. Sofia strich sich durch die kurzen Haare. »Schau mal, ob du Wasser findest, und bringe es mir. Informiert van der Berg. Er soll alles mobilisieren, ich will, dass das gesamte Gelände auf den Kopf gestellt wird. Und besorgt mir einen Psychologen und Sanitäter.« Sofia atmete tief durch und näherte sich langsam Vater und Kind. Sie hatte Erfahrung im Umgang mit Opfern, Zeugen furchtbarer Verbrechen, ja, selbst Kinder, die sie hatte retten können, aber jeder Mensch verarbeitete ein Trauma unterschiedlich, keines gleicht dem anderen. Aber wenn die Theorie stimmte, und die Eltern gezwungen worden waren, für das Leben ihres Kindes Menschen so etwas anzutun, dann ging Sofia davon aus, dass dieser Mann im Moment glücklich war, dass er sein Kind im Arm hielt. Unabhängig davon, was er anderen angetan hatte.

Sie setzte sich auf die Bank gegenüber und wartete

einen Moment, bis er sie registrierte. Sie erwartete nicht, dass er sie sofort ansah oder etwas sagte, aber ein Ruck, der durch seinen Körper ging, reichte aus, um zu wissen, dass er sie bemerkt hatte. Der Junge auf seinem Schoß schlief. Er war etwa acht oder neun Jahre alt.

»Sie bekommen gleich etwas zu trinken.« Sofia sprach so sanft wie möglich. Sie wusste nicht, ob er überhaupt mit ihr reden würde, denn schließlich war er Teil eines Verbrechens geworden.

Wie erwartet, reagierte er nicht. Er drückte seinen Sohn fester an sich und seine Schultern zitterten leicht.

»Sie sind in Sicherheit. Sie beide. Ich bin Sofia. Von Europol.« So einfach wie möglich. Momentan war weder ihr Nachname noch ihre Berufsbezeichnung oder die Abteilung, in der sie arbeitete, für ihn von Interesse. Sofia übte sich in Geduld. Ruhig, ohne ihm zu zeigen, wie ungeduldig sie eigentlich auf eine Antwort wartete, auf Hinweise, die zu den Tätern führen könnten. Im Moment war er die beste Chance, die sie hatten.

Hier, unter dem Baum, war die Hitze erträglicher, der leichte Wind, der um ihre Bluse wehte, kühlte sie sogar ein wenig ab. Endlich kam Maria und brachte ihr drei Flaschen Wasser, die sie wortlos auf den Tisch stellte und sie wieder allein ließ.

Der Mann blickte auf die Getränke, hielt aber

seine Arme weiterhin um den zarten Körper seines Sohnes geschlungen. Als würde der plötzlich verschwinden, wenn er nach einer Flasche greifen würde.

Sofia öffnete einen Deckel, und er beugte sich schließlich vor und griff sich das Wasser. Wer wusste schon, wie lange er bereits hier saß. Es war sicherlich nach ein Uhr. Dem Verwesungsgestank und Fliegen auf der Leiche zu urteilen, schätzte Sofia, dass er ab zehn oder elf Uhr allein zurückgelassen worden war. Aber ob Christine wirklich erst heute Morgen getötet wurde, konnte sie nicht einschätzen.

Er stellte die fast leere Flasche zurück auf den Tisch und legte den Arm wieder um seinen Sohn. Sofia hätte ihm gerne alle Zeit der Welt gelassen, um in Ruhe mit der Situation klarzukommen. Aber sie musste wissen, was hier passiert war und ob er ihnen Hinweise geben konnte, wohin die Täter geflohen waren, ob die Kinder noch lebten. Es gab für den Anfang ihrer Fragen keine richtige oder falsche Strategie.

»Sie sind Peter?«

Er starrte wieder vor sich hin, aber er zuckte kurz zusammen.

»Das ist eine schlimme Situation, ich weiß, und es ist für mich nicht einfach, Sie zu befragen. Es stehen Kinderleben auf dem Spiel, Peter ...«

»Thomas«, sagte er leise.

»Thomas.« Sofia senkte die Stimme und flüsterte den Namen fast. »Es sind weitere Kinder in größter Gefahr. Wir brauchen Ihre Hilfe.«

Er hob den Kopf, blickte sie aus tränenverhangenen Augen an und biss sich auf die Unterlippe.

»Wenn es für Sie auch noch so unwichtig erscheint, es wird uns sicherlich helfen.«

Er kniff die Augen zusammen, sodass sich Tränen über die Wangen ergossen und nickte schließlich langsam. »Ich weiß nicht viel«, sagte er und wischte sich umständlich über das feuchte Gesicht, ohne sein Kind in seinen Armen zu wecken.

»Das ist egal. Fangen Sie einfach an.« Sofia lächelte ihm aufmunternd zu, und er atmete tief durch.

»Ich weiß nicht, wie lange es her ist. Aber sie kamen abends, hielten mir ein Handy vor die Nase. Auf einem Video war Benjamin zu sehen. Er hatte solche Angst.« Wieder biss er sich auf die Unterlippe. Sofia erkannte eine kleine Wunde. Sie blutete leicht und er zog sie ein, um das Blut zu stoppen. Sie drängte ihn nicht.

»Sie haben ihm eine Waffe gegen die Stirn gedrückt und mir dreißig Sekunden Zeit gegeben, mich zu entscheiden.« Er fing an zu zittern, Benjamin seufzte tief, bewegte seinen Kopf und lehnte sich schließlich wieder an die Brust seines Vaters.

»Ich habe mich entschieden. Für das Leben meines Sohnes.«

Sofia wollte Thomas nicht unterbrechen, ihn drängen, ihr zu sagen, wohin die Täter geflohen waren oder ob er etwas mitbekommen hatte, aber die Zeit drängte, und er würde diese Aussage vermutlich ein paarmal wiederholen müssen. Er hatte seinen Sohn lebend im Arm. Für ihn war alles gut gegangen. Selbst wenn das Erlebte ihn noch lange verfolgen würde.

»Niemand durfte wissen, was los war. Nicht einmal meine Frau. Im Auto haben sie mich hierhergefahren. Erst hier wurde mir gesagt, was ich tun sollte. Wenn das erledigt wäre, würde ich meinen Sohn zurückbekommen und wir könnten nach Hause fliegen.«

Thomas trank den restlichen Schluck Wasser und stellte die leere Flasche auf den Tisch.

»Ich wusste, es war falsch, aber ich ... ich kann mir nicht vorstellen, ohne Benjamin weiterzuleben.« Er blickte sie aus roten, verquollenen Augen Hilfe suchend an, und Sofia nickte.

Was brachte es in diesem Augenblick, ihm zu sagen, dass eine andere Familie Angst um ihren Sohn hatte, dass sie ebenfalls nicht ohne ihr Kind weiterleben konnten. Gegenwärtig wäre das nicht zielführend und selbst die Gedanken daran, ob sie nicht genauso gehandelt hätte, stünde sie in dieser Situation, wischte Sofia fort. Hier und jetzt ging es darum, Kinderleben zu retten.

»Ich weiß nichts. Sie haben mich im Unklaren gelassen. Meine Aufgabe war es, den Jungen zu entführen, in eine Rolle zu schlüpfen.« Also hatten weder Thomas noch Christine die Auswahl getroffen. Sie hatten lediglich eine Anweisung erhalten.

»Sie haben gesagt bekommen, dass es dieser Junge sein musste?«

Thomas wischte sich wieder über die Augen und nickte.

»Sie wurden beobachtet?« Waren die wahren Täter die ganze Zeit in der Nähe?

»Wir haben Sender getragen. Mit GPS und Stimmenübertragung. Wir durften die Geräte nie abnehmen. Man drohte uns, sie würden unsere Kinder und Ehepartner töten.«

Sofia seufzte innerlich. Also war das keine Spur, die sie verfolgen könnten. Im Moment interessierte sie sich auch nicht für den Fluchtweg, das waren Informationen, die sie hierbei nicht zum Ziel führten.

»Was ist heute passiert?«, fragte sie stattdessen.

Thomas überlegte einen Moment. »Es ging alles so schnell, und ich war nur glücklich, Benjamin zurückzuhaben.« Sofia konnte sich vorstellen, dass er nicht darauf geachtet hatte, was um ihn herum passiert war, aber sie hoffte, dass er irgendetwas gehört hatte. »Bevor sie mich aus dem Zimmer geführt haben, wurde mir ein Sack über den Kopf gestülpt.«

»Ein Sack?« Sofia wusste natürlich, wofür der offensichtlich verwendet worden war, aber das bedeutete, er hatte keine Ahnung, wo sie ihn die ganze Zeit festgehalten hatten.

»Dadurch konnte ich nicht sehen, wo ich war. Erst im Lager wurde er mir vom Kopf gezogen.«

»Das heißt, von hier aus wurden Sie an einen anderen Ort gebracht? Können Sie einschätzen, wie weit dieser vom Lager entfernt war?«

Während er überlegte, unterdrückte Sofia die innerliche Unruhe. »Es dauerte nicht lange. Sie haben mich in ein Auto gezerrt.«

Das musste ja noch irgendwo hier sein, es sei denn eine Person war zurückgeblieben und hatte damit das Lager verlassen, als die anderen geflohen waren. Dann hätten sie vielleicht eine Chance, das Fahrzeug ausfindig zu machen.

»Können Sie die Personen beschreiben?«

Thomas schüttelte mit dem Kopf. »Sie waren immer maskiert.«

»Um welche Uhrzeit war das?«

»Ich habe keine Uhr, aber es war noch nicht so heiß. Vor neun muss es gewesen sein. Ich wurde hierhergeführt, und da war er. Mein Benjamin. Er saß hier auf der Bank an diesem Baum.«

»Können Sie sich erinnern, ob Menschen weggerannt sind? An Kinder? An irgendwas, was auf dem Weg hierher passiert ist?«

Thomas blickte hoch und dachte nach. Er runzelte die Stirn, schob die Augenbrauen zusammen und sagte für eine Weile kein Wort. »Ich glaube, ich kann mich an nichts erinnern. Ich bin einfach nur nachgelaufen, und als ich Benjamin gesehen habe, bin ich zu ihm gerannt.«

Das war ärgerlich, aber Sofia hatte dennoch Verständnis dafür, dass Thomas im Tunnelblick gewesen war und nichts um sich herum wahrgenommen hatte. Ohnehin ging sie davon aus, dass er keine nützlichen Informationen für sie hätte, denn die Täter hatten genau darauf geachtet, dass ihre Lockvögel so wenig wie möglich mitbekamen. Und er wäre nicht zurück- und freigelassen worden, wenn sie sich nicht sicher gewesen wären, dass er nichts Verwertbares aussagen könnte. Warum Christine so brutal zur Schau gestellt worden war, blieb ein Rätsel.

»Danke für Ihre Hilfe«, sagte Sofia schließlich und stand auf. »Es wird sich gleich jemand um Sie beide kümmern.«

»Es tut mir leid«, sagte er. »Ich hoffe, dass Sie Timo finden.« Seine Stimme klang erstickt.

»Das werden wir.« Sofia blieb noch einen Moment stehen, aber er vergrub sein Gesicht in den Haaren seines Sohnes, und sie ließ ihn allein.

Sie hoffte, sie würde hier irgendeine Spur finden,

die sie weiterführte. Aber so, wie sie die Organisation bis jetzt kennengelernt hatte, ahnte sie, dass sie keine Hinweise hinterlassen hatten.

Dennoch mussten sie ein Haus in der Nähe des Lagers und das Fahrzeug finden, denn Thomas und Christine waren in einem Zimmer festgehalten worden. Sofia würde die Spurensicherung damit beauftragen, sobald diese eintraf.

# 16

Ich hatte gewusst, dass sich eine andere Tür öffnen würde. Dass sich ausgerechnet diese auftut, nach anderthalb Jahren Arbeit, habe ich eigentlich dieser dummen Frau zu verdanken, denn sie hat den Stein ins Rollen gebracht, hat dem Ganzen einen realistischen Charakter verliehen, kurzum: Es war genau zur rechten Zeit passiert.

Wer wusste schon, wie lange es gedauert hätte, wenn sie nicht gewesen wäre? Manchmal passt einfach alles perfekt zusammen.

»Wir müssen uns beeilen, weil wir aufgeflogen sind.« Ich spreche so ruhig und kalt, wie ich es immer tue, wenn ich Menschen manipuliere.

»Ist unsere Operation gefährdet?«

»Natürlich nicht. Wofür halten Sie mich?«

Stille. Habe ich übertrieben? So selbstsicher ich

auch bin, mit diesem Gesprächspartner ist nicht zu spaßen. Ich sage nichts, warte ab, bis er reagiert.

»Liefern Sie, wie vereinbart. Man wird Ihnen den Übergabeort nennen.«

Aufgelegt.

Ich atme auf, lege das Telefon auf den Tisch und laufe auf und ab, um mich zu entspannen. Niemand beobachtet mich, das ist gut. Denn keiner soll sehen, wie aufgeregt ich bin, weil ich fast am Ziel bin. Diese Geschäftspartner, wie andere sie betiteln, kommen aus einer völlig fremden Welt. Einer, in der ich mich nicht auskenne und vor der ich größten Respekt habe. Im negativen Sinne. Denn sie kaufen sich einfach, was sie begehren, und wenn etwas nicht käuflich ist, machen sie es käuflich. So wie in diesem Fall. Dass ich so weit gekommen bin, grenzt schon fast an ein Wunder.

Wenn der Rest nun auch so reibungslos funktioniert, wie ich es geplant habe, steht dem Erfolg nichts mehr im Wege.

# 17

Die Sonne stand tief über dem Horizont, als Sofia, Laura und Maria unter dem dichten Blätterdach des alten Kastanienbaums Schatten suchten. Der Tag, der vielversprechend begonnen hatte, war zu einer harten Bewährungsprobe geworden. Sie saßen schweigend da, die Spuren der Anstrengung und des Schocks auf ihren Gesichtern sichtbar.

Antonio stieß keuchend zu ihnen, als sein kurzer Sprint vom Lager zum Baum endete.

Sanitäter kümmerten sich bereits um Thomas und Benjamin.

»Sie sind mit Booten geflohen«, sagte er, rang nach Luft und griff sich eine übrig gebliebene Flasche Wasser. Mit hochrotem Kopf trank er daraus und ließ sich breitbeinig auf die Bank sinken. Den letzten Schluck kippte er sich über den Kopf und strich sich die feuchten Haare nach hinten. Laura beobachtete ihn mit verschränkten Armen und wartete mit hochgezogenen Augenbrauen darauf, dass er weitersprach.

»Ich habe bereits Dex drauf angesetzt.« Er blickte sich um. »Was gibt's hier?«

»Wärst du so freundlich, uns mitzuteilen, wie du zu der Erkenntnis gekommen bist, dass sie mit Booten abgehauen sind?« Sofia lächelte ihn sarkastisch an.

Für einen Moment wirkte er verwirrt, so als sei er davon ausgegangen, dass dieser Punkt völlig logisch wäre. »Ich bin den frischen Spuren aus dem Lager gefolgt, die mich den Berg durch das Dickicht nach unten zum Meer geführt haben.« Da alle ihn auffordernd anstarrten und erwarteten, dass er ausführlicher berichtete, seufzte er schließlich und holte Luft. »Sie haben das Lager in Gruppen verlassen und die Anzahl der Personen haben natürlich eindeutige Spuren hinterlassen. Tiefe Fußabdrücke im Sand, abgeknickte Zweige und niedergetrampelte Büsche den Berg hinab zum Ufer, wo sich ein Bootssteg befindet, einer, der darauf hinweist, dass mehrere Boote daran festgemacht werden können. Außerdem verriet mir das der Benzinschleier auf der Wasseroberfläche, der noch leicht zu erkennen war.« Antonio neigte den Kopf nachdenklich, als würde er überlegen, ob er etwas vergessen hatte. »Hat Peter nichts beobachtet?«, fragte er schließlich.

»Thomas Richter«, korrigierte ihn Sofia und schüttelte den Kopf. »Nein, er war mit seinem Sohn beschäftigt.«

»Verständlich.« Antonio wischte sich ein paar Wasserperlen aus dem Gesicht.

Sofia blickte zu ihm und nickte anerkennend. »Gute Arbeit, Antonio. Wenn sie auf dem Wasser sind, sollten wir die Küstenwache einschalten. Die haben die Ausrüstung, um das Meer nach ihnen abzusuchen.«

Er neigte den Kopf. »Mach' ich. Aber ich denke, es wird eine Weile dauern, bis sie hier sind.«

Sofia seufzte und schaute auf ihre Uhr. Jede Minute zählte. »Wir dürfen keine Zeit verlieren.«

Laura schloss die Augen und lehnte sich gegen den massiven Stamm des Kastanienbaums. »Es ist so frustrierend. Wir waren so nah dran, sie zu schnappen.«

In diesem Moment meldete sich ein Team der Spurensicherung, das von Europol entsandt worden war. Die Experten in ihren weißen Overalls und mit ihren Ausrüstungskoffern betraten das Lager und begannen, den Tatort zu sichern und Beweismittel zu sammeln. Das war schnell gegangen. Van der Berg hatte offensichtlich alle Hebel in Bewegung gesetzt, um sie aus der Ferne zu unterstützen.

Antonio richtete sich auf. »Ich informiere die Küstenwache und rufe Dex an. Hoffentlich gibt es Neuigkeiten.«

Maria, die bisher geschwiegen hatte, sprach leise.

»Wir sollten Dex' Ergebnisse abwarten. Vielleicht haben wir Glück, und er findet sie schnell.« Aber die Zweifel waren aus ihrer Stimme herauszuhören.

»Wer von Ihnen ist Agent Shrader?« Sofia blickte auf und schirmte ihre Augen mit der Hand gegen die Sonne ab. Ein Mann mittleren Alters mit freundlichen Gesichtszügen, einer Kappe auf dem Kopf, die Angler üblicherweise trugen, und einer Fliege, die etwas schief am Hals saß, stand vor ihnen und blickte fragend jeden an.

Sofia erhob sich, stieg über die Bank und ging mit ausgestreckter Hand auf ihn zu. »Ich bin Agent Sofia Shrader.«

»Ah, sehr gut.« Er begutachtete sie von Kopf bis Fuß und schüttelte ihre Hand einmal kräftig, bis er sie wieder losließ. »Mir wurde gemeldet, dass eine Leiche gefunden wurde.« Noch immer stellte er sich nicht vor. Erst jetzt bemerkte Sofia einen schwarzen, abgenutzten Arztkoffer auf dem Boden.

»Ja, das ist korrekt. Verzeihen Sie, wie war noch gleich Ihr Name?«

Er hüstelte verlegen. »Tut mir leid. Ich bin Doktor Adrian Fischer, Forensiker, also Gerichtsmediziner bei Europol. Oder aktuell bei Eurocrime.« Er schüttelte den Kopf und nahm die Kappe herunter, die, wie Sofia jetzt erst bemerkte, etwas zerknittert aussah, und setzte sie wieder auf. Vermutlich trug er sie Tag und Nacht. Womöglich ein Glücksbringer.

Sofia stellte den Rest ihres Teams vor und führte Doktor Fischer zur Kapelle. Als sie dort ankamen, stellte er den Koffer ab und zupfte an seiner Fliege. »Ich hoffe, der Bereich wurde abgesperrt«, murmelte er mehr zu sich selbst und schüttelte dann den Kopf, als er keinerlei Vorsichtsmaßnahmen rund um die tote Frau erkannte. Ein anderer, jüngerer Mann kam auf sie zu. Er trug eine Brille auf seiner ungewöhnlich großen Nase, die fast das ganze Gesicht einzunehmen schien. Während der den Fundort abzusichern begann, bückte sich Doktor Fischer zu seinem Arztkoffer und kramte darin herum. »Das ist Max Berger, mein Assistent. Ein ehrgeiziger Medizinstudent. Er ist hoch motiviert und begeistert von der forensischen Medizin.« Offensichtlich hatte er gefunden, wonach er gesucht hatte, und kam wieder hoch.

»Ich freue mich auf unsere Zusammenarbeit«, sagte Sofia und entschied sich, ihn mit klaren Worten darüber zu informieren, wie sie sich die künftige Zusammenarbeit vorstellte. »Vermutlich werden Sie meine Vorgehensweise nicht gewohnt sein, aber ich möchte Ihnen zu Beginn sagen, wie wir vorgehen werden. Es wird selten jemand von uns bei der ersten Begutachtung anwesend sein, es sei denn, ich entscheide es. In diesem Fall will ich nur dringend wissen, wann die Frau getötet wurde und seit wann sie dort hängt. Die Todesursache, wo sie umgebracht wurde, ob sie gelitten hat oder nicht, interessiert mich im Moment noch nicht. Einverstanden?«

Er dachte einen Augenblick nach und nickte schließlich. »Das ist in der Tat ungewöhnlich, aber auch erfrischend.« Er lächelte, deutete auf die Instrumente, die er in der Hand hielt und näherte sich der toten Frau. Sofia verließ den Fundort und ging zurück zu ihrem Team, wo bereits Antonio auf sie wartete. Seinem Blick nach zu urteilen, schien er keine Nachrichten mitzubringen.

»Dex hat die Satellitenaufnahmen geprüft, aber es gibt ein Problem. Die Küstenregion von Athos hat eine seltsame Funkstille. Keine Aufnahmen, keine Signale, nichts.«

Ein eiskalter Schauer durchfuhr Sofia. »Was meinst du mit ›seltsame Funkstille‹?«

Antonio legte die Hände auf den Tisch und sah ernst aus. »Es ist, als ob sie die Überwachung irgendwie blockieren. Dex konnte keine Aufnahmen von der Küste machen. Es ist, als ob sie wüssten, wie man unsichtbar bleibt.«

Wie sollte das möglich sein? Immerhin handelte es sich hier nicht um Überwachungskameras, die man nach Belieben ein- und ausschalten konnte.

Antonio lieferte die Antwort und die verriet ihnen, warum man ausgerechnet diesen Ort als Unterschlupf ausgewählt hatte.

# 18

Timo musste irgendwann eingeschlafen sein. Er erinnerte sich noch daran, dass er sich übergeben hatte, sich anschließend zusammengerollt und Louis den Rücken zugewandt hatte, in der Hoffnung, wenn er schlief, würde die Übelkeit vergehen.

Als er sich aufrichtete, war ihm tatsächlich nicht mehr schlecht, aber er hatte Kopfschmerzen, seine Augen brannten und sein Mund fühlte sich staubtrocken an. Louis saß nicht auf seinem Bett. Er war wieder nach oben gestiegen, denn er bemerkte eine Wölbung der Matratze über ihm. Der Raum war so klein, dass Timo sich rasch einen Überblick verschaffen konnte. Auf einem Tisch hinter ihm standen mehrere Flaschen Wasser und ein Tablett mit in Folie verpackten Sandwiches, Bananen, Trauben und Äpfeln. Unter dem Tisch fand er einen Eimer und zwei Rollen Klopapier. Timo sprang aus dem Bett, wich seiner Kotze auf dem Boden aus, griff nach einer Flasche und trank sie gierig bis zur Hälfte leer. Dann stellte er sie zurück und wandte sich zur Tür, um sie zu öffnen, aber sie war verschlossen. Er trommelte dagegen und brüllte verzweifelt um Hilfe.

»Mach nicht so einen Lärm.« Louis nuschelte verschlafen. »Ich glaube kaum, dass jemand uns helfen wird.«

Timo wandte sich ab, die Hände erhoben und zu Fäusten geballt. »Woher willst du das wissen?«

Louis' Kopf erschien am Bettrand. Er wischte sich über die Augen und gähnte. »Sie haben uns alles dagelassen, was wir für die nächsten Tage brauchen. Vor der Tür ist also niemand, der auf uns aufpasst oder uns jeden Tag aufs Klo lässt, kapierst du das?«

»Ach so, und du bist der Experte und weißt das alles, oder wie?«

Louis schwieg einen Moment, schob sich zur Leiter und kletterte hinunter zu ihm. »Ja, mir ist nämlich das Gleiche passiert wie dir.«

Timo nahm die Hände runter. »Ja, klar, wir sind ja auch beide hier. Nur, dein Bruder fehlt.«

Louis schluckte und blickte ihn aus tränenverhangenen Augen an.

»Er ist nicht mein Bruder«, sagte Louis tonlos. Was redete er da?

»Und ich heiße auch nicht Louis, ich bin Tyler Fuchs, und es ist meine Schuld, dass du hier bist.« Tränen rannen ihm über die Wangen. Würde Louis ... Tyler nicht weinen, würde Timo denken, er verarschte ihn. So ganz verstand er ohnehin nicht, was Tyler da erzählte, der sich wütend die Tränen wegwischte und zum Tisch drehte. »Sie haben mir versprochen, dass ich nach Hause kann und meine Eltern wiedersehe, wenn ich mitmache.«

Timo griff nach Tylers Schulter und zwang ihn, sich umzudrehen, doch der schüttelte seine Hand ab.

»Aber deine Eltern ...« Er verstand gar nichts mehr.

»Das waren nicht meine Eltern.« Jetzt drehte sich Tyler zu ihm. »In den Osterferien waren wir auf Menorca im Urlaub und da lernte ich Nico, Louis, kennen.« Tyler erzählte ihm eine ähnliche Geschichte, wie es Timo selbst mit Tyler ergangen war, und als er fertig war, ging er zu Timos Bett und hockte sich darauf. Es fiel ihm schwer, sich nicht auf Tyler zu stürzen und ihn zu verprügeln, selbst wenn er keine Chance gegen den größeren Jungen hatte und trotz der Tatsache, sich noch nie geprügelt zu haben. Er wusste einfach nicht, was er davon halten sollte, und hoffte, dass Tyler jeden Moment anfangen würde zu lachen, die Tür aufgehen und er ihm sagen würde, er hätte ihn geprankt. Draußen würden Mama und Papa stehen und sich vor Lachen die Tränen aus den Augen wischen. Aber wenn er es sich recht überlegte, war das ein ziemlicher dummer Scherz und viel zu aufwendig in der Durchführung. Dann knickten seine Knie ein und ein viel schlimmeres Gefühl machte sich in seinem Magen, in seinem ganzen Körper breit und übernahm die Kontrolle über seine Muskeln.

# 19

DER ZUGANG zum Berg Athos ist streng reglementiert. Frauen dürfen die Halbinsel nicht betreten, und um die Klöster zu besuchen, müssen spezielle Genehmigungen beantragt werden. Der Aufenthalt ist auf eine gewisse Zeit beschränkt, und es gibt strenge Regeln und Vorschriften, die eingehalten werden müssen. Die Mönchsrepublik gehört völkerrechtlich zu Griechenland, genießt staatsrechtlich jedoch einen Autonomiestatus.

Das Fotografieren und Filmen auf dem Berg Athos unterliegt bestimmten Einschränkungen. Ausflugsschiffe und Boote dürfen sich nicht zu nah an die Küste des Berges Athos begeben. Es gibt sogar eine festgelegte Entfernung, die eingehalten werden muss, um die Privatsphäre der Klöster und Einsiedeleien zu schützen. Davon sind auch Satellitenaufnahmen betroffen.

. . .

»Der perfekte Ort, um unerkannt Verbrechen nachzugehen«, sagte Sofia, als Antonio seinen Bericht beendet hatte.

»Ich glaube nicht, dass die Mönche innerhalb der Klöster mitbekommen haben, was hier im Lager stattgefunden hat.« Laura rieb sich nachdenklich über den Nacken. »Aber ich bin überzeugt, dass wenigstens die Wachleute davon wussten.«

Sofia seufzte und stand auf. »Dann sollten wir die mal etwas härter rannehmen. Antonio begleitet mich. Maria und Laura kümmert euch um das Haus, in dem Thomas und Christine festgehalten wurden. Dex soll sich die Aufnahmen außerhalb der Grenze ansehen und mit der Küstenwache zusammenarbeiten. Zu der Zeit müssten sich ja wenigstens Boote oder Ausflugsschiffe in der Nähe befunden haben. Ich will, dass die überprüft werden.« Boote und die Personen darauf, egal, wie viele es gewesen waren, lösten sich nicht einfach in Luft auf.

Sofia passierte die Absperrung, die durch Europol-Mitarbeiter rund um das Lager errichtet worden war. Der Fall sollte, wenn möglich, vor der Öffentlichkeit geheim gehalten werden und Besucher der Klöster oder die Mönche selbst nichts von ihren Ermittlungen mitbekommen. An der Straße bewachte ein Beamter, verborgen hinter Bäumen, den Weg zum Lager. Als sie sich der Schranke näherten, bemerkte Sofia, dass sie geöffnet worden war, von den Wachmännern war nichts zu sehen. Die Tür zum Wachhäuschen stand auf, niemand befand sich auf seinem Posten. Sie parkte den Wagen an der Seite, stieg aus und warf einen Blick hinein. Antonio trat hinter sie und blickte ihr über die Schulter. Der Stuhl war umgekippt, auf einem schmalen Brett, das als Tisch diente, waren auf einem Papierhaufen Blutspritzer zu erkennen. Eine Tasse lag zerbrochen auf dem Boden.

»Um die hat sich wohl schon jemand gekümmert«, hörte sie Antonio sagen.

Sofia drehte sich zu ihm und suchte das Erdreich vor dem Häuschen ab. »Hier draußen ist nichts zu sehen.« Weder fand sie Schleifspuren, die darauf hindeuteten, dass jemand über den Boden gezogen worden war, noch entdeckte sie Blut.

Antonio war vorausgelaufen, den Kopf nach unten gerichtet. Plötzlich blieb er stehen, lauschte und blickte in den angrenzenden Wald, durch den er vor einigen Stunden mit Laura zum Lager geschlichen war. Sofia hielt neben ihm und folgte seinem Blick. Sie hörte ein unterdrücktes Schreien, gedämpft durch einen Knebel, und raschelnde Geräusche ganz in der Nähe, als wolle sich jemand befreien oder auf sich aufmerksam machen. Keine fünfhundert Meter von der Schranke entfernt saß der jüngere Wachmann mit einem Knebel im Mund an einen Baum gefesselt und riss freudig die

Augen auf, als er sie bemerkte. Blut war ihm über das Gesicht gelaufen. Der Angreifer hatte ihm eins übergezogen, das erkannte Sofia an dem blutverschmierten Scheitel. Antonio beugte sich zu ihm und befreite ihn vom Knebel. Dann löste er mit einem Taschenmesser, das er aus der Hose zog und aufklappte, die Fesseln.

Sofia kniete sich zu ihm hinab.

»Danke, danke«, stammelte der Mann immer wieder und streckte die Arme nach vorn, bewegte die Hände und schüttelte sie aus. Dann wollte er aufstehen, als Antonio die letzten Seile durchgeschnitten hatte. Sofia legte ihre Hand auf seine Schulter. »Sie sind verletzt.« An Antonio gerichtet sagte sie: »Rufst du die Sanitäter her?«

Der nickte und ließ sie zum Telefonieren allein.

»Wie ist Ihr Name?«

»Costas. Costas Poulus.« Er räusperte und fasste sich an den Kopf.

»Was ist passiert?«

Mit schmerzverzerrtem Gesicht nahm er die Hand von seinem Kopf. »Ich weiß es nicht.« Costas rieb sich über die Augen und wollte wieder aufstehen, aber Sofia hielt ihn davon ab.

»Was ist mit Giannis? Mein Kollege.«

»Er ist nicht da.« Sie verschwieg ihm fürs Erste, dass sie Blut im Wachhäuschen gefunden hatten. Vielleicht hatte sein Kollege Costas niedergeschlagen und es stammte von ihm.

»Sie haben niemanden gesehen?«

»Als ich wach wurde, saß ich hier.« Er überlegte einen Moment. »Giannis hat telefoniert und dann kam der Honigwagen. Als ich die Schranke öffnen wollte … Ich weiß nicht, was anschließend passiert ist.«

»Honigwagen?«

Costas stöhnte, als er sich bewegte, blieb aber sitzen. »Von der Imkerei. Wo ist denn Giannis?«

»Wie lange arbeiten Sie schon mit ihm zusammen?«

»Erst seit zwei Wochen ungefähr. Warum?«

Sofia nickte. Vermutlich hatte Giannis seinen Kollegen niedergeschlagen oder er war zumindest daran beteiligt. Warum hatte er Costas dann aber am Leben gelassen?

»Seit wann arbeiten Sie hier als Wachmann?« Sofias Bauchgefühl verriet ihr, dass der junge Grieche nichts mit den entführten Kindern zu tun hatte, und er würde es natürlich auch nicht zugeben, wenn es so wäre.

»Seit etwas mehr als drei Jahren. Was sollen die ganzen Fragen?« Er blickte verwirrt umher.

Sofia hatte ihnen vor einigen Stunden lediglich mitgeteilt, dass sie wegen eines Verbrechens hier waren und sie ging davon aus, dass Maria keine weiteren Details preisgegeben hatte. Ihm müsste bewusst sein, dass sie fragen würden, sobald sie sichergestellt hatten, dass sie mit ihrer Vermutung recht gehabt hatten. Aus dem Grund glaubte Sofia nicht, dass er auch nur die geringste Ahnung hatte, warum sie überhaupt hier waren und weshalb man ihn niedergeschlagen hatte.

Deshalb verschwieg Sofia weiterhin die Einzelheiten zu diesem Fall. Antonio stieß wieder zu ihnen. »Können wir kurz sprechen?«

Sie stand auf und ignorierte das Kribbeln in den Beinen, verursacht durch die Haltung in den letzten Minuten.

»Wir haben einen Transporter sichergestellt. Oberhalb des Lagers befindet sich eine alte Imkerei mit einem kleinen Wohnhaus. Auf dem weißen Fahrzeug sind eine Biene und ein Honigtopf abgebildet.«

»Der Honigwagen.« Antonio blickte sie verwirrt an, und sie fasste kurz zusammen, was sie von Costas erfahren hatte. »Halte die Sanitäter auf, ich muss dringend noch etwas mit ihm klären«, rief sie ihm über die Schulter zu und eilte zurück.

»Ist der Honigwagen in den letzten zwei Wochen häufiger als gewöhnlich hier durchgefahren?« Sie kniete sich wieder hinab.

Er zog die Brauen zusammen und blickte sie an, als wäre sie übergeschnappt. »Die fahren ständig rein und raus. Wissen Sie, wie viele Imker es hier gibt? Das Gebiet ist bekannt dafür.«

Ein letzter Versuch. »Wurde ein Transporter in den vergangenen Wochen als gestohlen gemeldet?«

»Nein, auf keinen Fall. Das hätten wir mitbekommen.«

Sofia stand langsam wieder auf und warf einen Blick zu Antonio, der im Moment mit zwei Sanitätern sprach und sie schließlich durchließ.

»Danke für Ihre Hilfe. Wenn Ihnen noch etwas einfällt, können Sie mich jederzeit anrufen.« Sie reichte ihm eine Visitenkarte, machte Platz für die Sanitäter und ging mit Antonio zurück zum Auto. Auf dem Weg fasste sie das Gespräch zusammen.

»Sie waren auf alles vorbereitet«, sagte Sofia, als sie hinter dem Steuer saß, die Klimaanlage voll aufdrehte und losfuhr.

»Ich kann mir sogar vorstellen, dass sie Timo Grüter erst ausgewählt haben, als sie diesen Ort fanden.« Antonio blickte aus dem Fenster. »Nur aus welchem Grund dieser ganze Aufwand? Um ein einziges Kind zu verschleppen? Um alle bisher entführten Opfer hier unterzubringen? Wozu?«

Sofia seufzte und schlug den Weg zum Lager ein. »Momentan habe ich zu viele offene Fragen. Dass Costas am Leben ist, gehört für mich dazu.« Tatsächlich schwirrte ihr im Moment der Kopf und sie musste die Gedanken, die neu dazugekommen waren, zunächst ordnen, um hoffentlich wieder klar zu sehen.

Die Sonne ging schon unter und sie verloren mit ihr wertvolle Zeit.

# 20

Ich habe einiges an Vorsprung rausholen können, dennoch werde ich langsam unruhig, weil noch immer keine Nachricht eingetroffen ist. Vor einer Stunde landete ich am Flughafen des Zielgebiets, die einzige Information, die ich zu Beginn der Operation vorliegen habe. Vom Fenster meines Zimmers blicke ich direkt auf die leuchtende Stadt und die funkelnden Straßen unter mir, die jetzt zum Leben erwachen, da es nur nachts erträglicher wird in dieser heißen Küstenstadt.

Was ist, wenn die Nachricht erst in einigen Wochen eintreffen wird? Schnell verwerfe ich den Gedanken. Sie wissen bereits, dass sie sich beeilen müssen, um an ihre Ware zu kommen. Natürlich kann es durchaus sein, dass sie mich fallenlassen und sich anderweitig umsehen. Dann müssten sie allerdings warten. Warten auf Ersatz, und da ihre Angaben sehr präzise waren, gehe ich nicht davon aus, dass sie nach all den Mühen darauf verzichten wollen. Letzten Endes muss ich, bis die Nachricht eintrifft, noch einiges erledigen, damit alles so läuft, wie ich es geplant habe.

Untertänig habe ich mich gegeben, als hätte ich Angst vor ihnen. Dass sie diejenigen sind, die mich fürchten sollten, kommt niemandem auch nur im Entferntesten in den Sinn. Sie vertrauen mir noch immer nicht, obwohl ich alles genauso habe wie meine Vorgänger. Dass es nicht einfach werden wird, war mir von Anfang an klar. Sie sind eben von Natur aus misstrauische Wesen. Erst recht, wenn sie es mit Menschen zu tun haben, die andersgläubig sind, aus einer ihnen fremden und verhassten Kultur kommen. Bislang konnte ich ihr Spiel ganz gut mitspielen. Ich bin der, für den nur Geld zählt. Menschenleben sind mir gleichgültig. Macht ist mein Glaube, mein Motiv, steuert meinen moralischen Kompass. Das müssten sie langsam begriffen haben. Dennoch wagen sie den letzten Schritt nicht, den, der so wichtig ist für sie.

Genau darauf baue ich. Dass ihre Gier zu groß ist, selbst wenn sie auf meine Ware und mich verzichten könnten, weil sie genug Geld haben, um ein neues Geschäft aufzubauen. Dazu sind wir zu nah am Ziel.

# 21

Als Sofia mit Antonio ins Lager kam, entschied sie sich, zurück zur Villa zu fahren. Nachdem Laura und Maria ihr einen ersten Überblick über die Imkerei und den Transporter gegeben und Sofia ihnen von dem Gespräch mit Costas berichtet hatte, wollte sie die weiteren Schritte gemeinsam in Ruhe besprechen. Bis dahin hätte Dex vielleicht die erwarteten Informationen von der Küstenwache erhalten, die sie weiterbrächten. Derzeit gestaltete sich die Suche nach den Booten und dem wie sie darauf entkommen waren schwieriger als angenommen. Selbst die vielversprechenden Hinweise auf den Verbleib eines Bootes führten ins Leere. Dex verschaffte ihnen hierzu während der Fahrt zurück zum Haus einen Überblick.

»Ein Boot wurde von einem Skipper des Ausflugsschiffes einer englischen Familie mit zwei Kindern und Großeltern überlassen.«

»Wie das?« Laura beugte sich vom Rücksitz aus nach vorn.

»Er ging auf sie zu und erzählte ihnen, sie seien ausgewählt worden und könnten sofort einsteigen. Der Rückgabeort sei bei einem Bootsverleih in Kallithea.«

»Und sie sind während der Fahrt mit dem Ausflugsschiff umgestiegen?«, fragte Maria und klang zweifelnd.

»Es hält für fünfzehn Minuten, damit die Passagiere in ausreichender Entfernung Bilder machen können. Es war die erste Tour heute Morgen, die um kurz nach sechs Uhr startete, um den Sonnenaufgang zu sehen. Um viertel nach sieben hielt das Schiff und fuhr pünktlich um halb acht weiter.«

»Bitte sag mir, dass du Aufnahmen von diesen fünfzehn Minuten hast.« Sofia glaubte nicht daran, denn dazu waren die Täter bislang einfach zu schlau vorgegangen.

»Leider nicht. Das Schiff war zu nah an der Grenze. Ich habe lediglich ein Boot durch die Küstenwache prüfen lassen.« Dex seufzte. »Und leider ist der Skipper spurlos verschwunden.«

»Wurde der Kapitän befragt? Möglicherweise sind ihm mehrere Kinder aufgefallen? Wurden Bilder von Timo herumgezeigt?« Sofia klammerte sich an jeden Strohhalm. Hätte Dex die gewünschten Informationen für sie, hätte er es ihnen längst mitgeteilt. Vielleicht waren die Boote an der Küste entlanggeschippert, hatten auf der anderen Seite angelegt und die Täter waren mitsamt den entführten Kindern vor ihren Nasen auf dem Landweg abgehauen.

»Es besteht noch die Möglichkeit, dass sie in einem Frachter geflohen sind.«

»In einem Frachter?«

Dex räusperte sich. »Es könnte heute Morgen eine Überschneidung der Route des Ausflugsschiffes und der des Frachters gegeben haben. Die Überprüfung dauert noch an, da sich dieser nicht mehr innerhalb des Hoheitsgebietes der Küstenwache befindet. Wir sind aber dran«, setzte er rasch nach, bevor Sofia ihm den Vorschlag machen konnte, dass er sich mit van der Berg in Verbindung setzen sollte.

»Halte uns auf dem Laufenden, Dex. Wir sind in weniger als zwei Stunden da.« Sofia beendete das Telefonat und widerstand dem Drang, die Augen während der Fahrt zu schließen und sich für ein paar Minuten zu entspannen. Stattdessen fragte sie Maria und Laura, ob es bereits verwertbare Hinweise der Spurensicherung aus dem Lager gab. Die Imkerei schien jedenfalls auf den ersten Blick seit einigen Monaten nicht mehr genutzt zu werden. Das Haus erweckte ebenfalls den Eindruck, als würde niemand darin leben. Außer den beiden Zimmern, in denen Thomas und Christine festgehalten worden waren, wies nichts darauf hin, dass kurz zuvor Personen darin gelebt hatten. Auch müssen die Räumlichkeiten anschließend von jemandem von offensichtlichen Spuren gereinigt worden sein. Die Mülleimer waren leer, der Kühlschrank war leer und stank muffig, also war darin nichts aufbewahrt worden in der Zeit, in der Thomas und Christine dort gefangen gehalten wurden. Außer, dass es im Badezimmer nach Seife roch, fanden Laura und Maria keine Hinweise auf Hygieneartikel oder Ähnliches.

Im Lager selbst gab es ebenfalls kaum Spuren, was Sofia darin bestätigte, dass kurz nach der Flucht jemand aufgeräumt hatte.

Sie begann, den zeitlichen Ablauf des Tages im Kopf zu rekonstruieren. »Also sind sie ungefähr gegen halb sieben oder etwas später geflohen. Falls sie tatsächlich mit Booten zum Ausflugsschiff unterwegs waren. Um uns in die Irre zu führen, könnte es auch sein, dass sie ein Boot zum Schiff gesteuert haben und an der Küste rund um den Berg irgendwo ausstiegen, um per Landweg weiter zu flüchten.«

»Dann könnten sie auch früher oder mitten in der Nacht abgehauen sein«, sagte Antonio.

»Oder vor einem Tag oder direkt am Tag von Timos Entführung.« Sofia runzelte die Stirn.

»Ja, klar. Das Haarband. Vielleicht war das der ausschlaggebende Grund, warum Christine getötet worden war.« Laura beugte sich vor, so weit wie es der Gurt zuließ.

»Dass sie erst dann abgehauen sind, als sie erfahren haben, dass wir an der Schranke stehen, kann ja auch nicht sein. Das passt zeitlich nicht.« Antonio klang so, als wollte er noch ein ›du Dummerchen‹ dranhängen.

Womöglich könnte Adrian Fischer behilflich sein. Zumindest der Todeszeitpunkt würde in ihren Überlegungen weiterhelfen. Sofia diktierte dem Sprachassistenten die Nummer und wartete, bis sie verbunden wurde. Der Gerichtsmediziner nahm das Gespräch nach dem zweiten Klingeln entgegen.

»Guten Abend, Agent Shrader«, begrüßte er sie. Seine Stimme klang am Telefon sehr angenehm ruhig.

»Ich habe Sie auf den Lautsprecher gestellt. Mein Team hört mit, Doktor Fischer. Können Sie mir schon den Zeitpunkt des Todes mitteilen?«

Er lachte heiser. »Gut, dass Sie anrufen. Ich hätte mich ohnehin gleich bei Ihnen gemeldet. Sie wollten es kurz und prägnant. Todeszeitpunkt war zwischen zehn und zwölf Uhr gestern Nacht. Die Leichenflecke auf ihrem Körper deuten darauf hin, dass sie vom Zeitpunkt, als wir sie abgehängt haben, vor ungefähr sieben bis acht Stunden an den Baum genagelt wurde.« Doktor Fischer räusperte sich. »Benötigen Sie weitere Informationen?«

Sofia lächelte. »Nein, im Moment nicht. Ich melde mich.«

»Schön. Bis dann.«

Sie trennte die Verbindung. »Also meine Vermutung ist, dass Christine aus Angst, dass man ihr Kind töten würde, gebeichtet hat, dass sie das Haarband verloren hat …«

»Das hätte auch Thomas an sich nehmen können, um eine Spur zu legen«, beendete Antonio ihre Ausführung.

»Unwahrscheinlich«, sagte Sofia und warf einen kurzen Blick zur Seite. »Er hätte uns davon erzählt, und sie hätte nicht am Baum gehangen, sondern er. Man hat sie getötet, aus welchen Gründen auch immer so zurückgelassen und sie zum Anlass genommen, das Lager aufzugeben.«

»Wie hätte denn jemand wissen können, dass wir eindeutige Spuren finden würde, die uns hierherführen?« Maria klinkte sich wieder in die Diskussion ein.

»Gar nicht. Aber die Kobra ist vorsichtig. Und die Tatsache einer möglichen Spur hat ihn dazu veranlasst. Denkt daran, dass wir es mit jemandem zu tun haben, der alle seine Schritte plant und Hindernisse voraussieht.« Sofia bog in den Kreisel ein und fuhr am Supermarkt vorbei in Richtung Villa. »Eine Person ist zurückgeblieben und hat sämtliche Spuren vernichtet und als Giannis telefonierte und unser Kommen ankündigte, war endgültig klar, dass wir ihnen im Genick sitzen.«

»Der Honigwagen«, warf Laura ein. »Der war doch an der Schranke, als Costas niedergeschlagen wurde und Giannis verschwand. Dann ist das vor unseren Augen passiert? Ganz schön gewagt.«

Sofia erläuterte ihre Theorie. »Nicht, wenn es sich um einen anderen Transporter handelte. Laut Costas gibt es mehrere Imker in dem Gebiet. Ich glaube eher, dass Giannis Costas ausgeschaltet hat und abgehauen ist.«

Sie schwiegen eine Weile, während sie durch Kallithea vorbei an den vielen Tavernen auf der Hauptstraße fuhren. Sofias Magen knurrte und sie war sich sicher, dass auch die anderen aus dem Team Hunger hatten, aber jetzt erst auf ihren Bauch hörten.

Hinter der touristischen Stadt gab es etliche Nachtclubs und angrenzend daran einen Bäcker und einen Gyrosimbiss.

Es war spät, als sie mit dem Essen fertig waren und sich noch einmal zusammensetzten, um sich auf den gleichen Stand zu bringen. Dex hatte noch keine Informationen zu dem Frachter. Sofia war sich aber sicher, dass van der Berg mit Hochdruck daran arbeitete und sie vermutlich in der Nacht oder den frühen Morgenstunden informiert würden. Sie sollten sich für den Fall bereithalten, und Sofia schickte sie in die Zimmer, um sich auszuruhen.

Nur Dex blieb an seinem Rechner sitzen. Er winkte ab.

Sofia war zu erschöpft, um mit ihm zu diskutieren, ging auf ihr Zimmer, duschte ausgiebig und ging schließlich zu Bett. Auch wenn sie lange brauchen würde, bis sie einschlief, schloss sie die Augen und ließ ihren Gedanken freien Lauf.

Der Frachter war eine Möglichkeit, wie die Kobra entkommen sein könnte. Oder aber, sie waren tatsächlich auf dem Landweg geflohen. Letzteres bereitete ihr mehr Bauchschmerzen, denn wäre das der Fall, würden sie Timo und die anderen Kinder nie wiedersehen.

## 22

*DIE KUGELN ZERFETZEN DEN KÖRPER, er wird hin und her geschleudert, sackt zusammen und bleibt reglos liegen. Nur seine Augen verraten mir, dass er noch am Leben ist. Sie huschen hin und her, er versucht, zu begreifen, was geschehen ist. Und als ich bei ihm ankomme und seinen Oberkörper zu mir ziehe, sieht er mich dankbar an. Ich, der ihn verraten hat, ich, wegen dem er jetzt sterbend in meinen Armen liegt. Ich habe es nicht verdient, will ich schreien, aber ich bringe keinen Ton raus. Will ihm Vorwürfe machen, dass es seine eigene Schuld ist. Er hätte nicht hier sein sollen. Ein brennender Schmerz rast durch meine Kehle und der unterdrückt jedes Wort, was ich ihm entgegenschleudern will. Ich fühle mich wie ein Fisch an Land, der panisch versucht zu überleben.*

. . .

Sanfte Hände streichen über meine Haare und ich rieche statt Rauch, Blut und Schweiß, ein zartes Parfüm, und langsam komme ich zurück in die reale Welt.

»Dein Traum?«

»Ja.« Ich krächze, wie ein Rabe, staubtrocken ist meine Kehle, als hätte ich tatsächlich im Wüstensand gesessen. Sie nimmt die Finger aus meinem Haar und reicht mir ein Glas Wasser, das ich gierig leer trinke. Sie stellt es anschließend neben sich ans Bett, als ich es ihr reiche. Dort steht ein aufgeklappter Laptop.

»Konntest du wieder nicht schlafen?« Ich setze mich auf und verschränke meine Finger mit ihren. »Wie spät ist es?«

»Nach zwei Uhr. Keine Nachricht bisher.« In dem Licht, das von ihrem Monitor ausgeht, sehe ich sie lächeln. Manchmal müssen wir nicht miteinander reden, um zu wissen, was der andere denkt. Manchmal.

Es wird Zeit, dass sie sich melden, ansonsten muss ich die Operation abbrechen und so kurz vor dem Ziel kommt diese Option nicht infrage.

Ich schlage die Decke zur Seite, gehe zur Toilette und während ich mich erleichtere, trifft sie ein. Die Nachricht, mit der Information, auf die ich seit über einem Jahr hingearbeitet habe.

»Es geht los«, sage ich, als ich zurück ins Zimmer

gehe, plötzlich hellwach, voller Adrenalin und Tatendrang.

# 23

Entgegen ihrer Erwartung rief van der Berg sie nicht in der Nacht an, um sie darüber in Kenntnis zu setzen, dass sie alle notwendigen Genehmigungen für die Durchsuchung des Frachters vorliegen hatten. Sie war kurz davor, ihn anzurufen, aber dann wurde ihr klar, dass er sich längst gemeldet hätte und ihr Anruf völlig umsonst wäre. Außerdem bestand noch immer die Möglichkeit, dass die Täter Athos auf dem Landweg verlassen hatten.

Sofia putzte die Zähne, zog sich an und ging runter, um sich einen Kaffee zu holen und zu Dex rüberzugehen. Er saß tatsächlich am Rechner und arbeitete konzentriert. Auf dem Tisch standen etliche leere Dosen Energydrinks.

»Hast du überhaupt schon geschlafen, seit wir hier sind?« Sofia setzte sich an den Tisch.

Er hörte auf zu tippen und rollte mit dem Stuhl

hinter dem Monitor hervor. »Ich komme mit wenig Schlaf aus.«

Sofia prostete ihm mit der Tasse zu. Er erwiderte ihren Gruß mit einer Dose und sie tranken beide einen Schluck.

»Hast du etwas Neues?«

»Also die Theorie, dass sie an einer anderen Stelle an Land gingen und von dort aus geflohen sind, kann ich schon mal widerlegen.« Er nahm sich einen Stapel Papiere aus dem Drucker und ging damit zu ihr an den Tisch, wo er sie vor ihr nacheinander ausbreitete. »Dieser Bereich wird nicht von Satelliten erfasst.« Er zeichnete mit dem Finger eine gestrichelte Linie nach, die den Athos umfasste. »Innerhalb des geschätzten Zeitraums sind an diesen Stellen keine Boote zu sehen.« Er legte weitere Blätter auf den Tisch und deutete darauf. Sofia beugte sich dicht darüber und studierte die Ausdrucke genau. Tatsächlich waren weder auf dem Meer Boote zu sehen noch an Land Menschen oder Fahrzeuge zu erkennen, die die Schranke passierten. Dex hatte den Zeitraum ausgeweitet, bis sie mit ihrem Team angekommen war. Er musste die ganze Nacht daran gesessen haben. Sie brauchte allein fast eine halbe Stunde, um alles durchzusehen.

»Ich habe versucht, über andere Satelliten an Aufnahmen ranzukommen.« Sie blickte ihn scharf an, und er winkte ab. »Keine Sorge. Das bekommt niemand mit. Leider hatte ich null Erfolg.« Er sprang plötzlich vom Stuhl und ging zurück an seinen Rechner. »Aber ich verfolge den Frachter. Er hat Zypern hinter sich gelassen und steuert Richtung Türkei.«

Dieser Umstand machte es ihnen nicht leichter, einen entsprechenden Zugriff auf den Frachter zu erhalten. Da er sich weiterhin bewegte, hatte er noch keine Anweisungen erhalten, zu stoppen.

»Was für eine Art Frachter ist das eigentlich?« Auf den Aufnahmen wirkte es nicht wie ein Containerschiff.

»Fahrzeuge. RoRo-Schiffe, Roll-on/Roll-off, transportieren Fahrzeuge wie Autos, Lastwagen und Baufahrzeuge. Diese Schiffe haben Rampen, die es den Fahrzeugen ermöglichen, direkt an Bord zu fahren und hinterher wieder runter.« Dex rollte mit dem Stuhl hinter seinem Platz hervor und wartete einen Moment, bis Sofia ihm die volle Aufmerksamkeit schenkte. »Das Schiff wurde vor acht Tagen im Hamburger Hafen beladen. Vier Porsche 911, komplette Ausstattung, drei Panamera, ebenfalls Vollausstattung, zwei Cayenne, ebenfalls das volle Programm. Alle Fahrzeuge sind fabrikneu. Zielhafen: Beirut. Käufer scheint mir ein Mittelsmann zu sein. Fahil Hadad. Er ist im Import- und Exportgeschäft tätig und fungiert als Zwischenhändler, zumeist für die saudi-arabischen Länder.«

Sofia hob den Kopf und blickte ihn an. »Kannst du mehr über ihn rausfinden?«

Dex grinste und nahm einen Schluck von seinem Energydrink. »Bin schon dabei. Ist aber alles andere als einfach.« Er stellte die Dose auf den Tisch.

»Na ja, er muss ja ein Konto haben, von dem aus er die Fahrzeuge bezahlt hat, oder nicht?« Sie lächelte. »Folge dem Geld.«

»Klar, ich sagte ja, ich bin dran.«

Nach und nach traf der Rest des Teams ein und ließ sich von Sofia eine Zusammenfassung der von Dex herausgefundenen Informationen in der Nacht geben. In der Zwischenzeit erhielten sie erste Berichte von der Spurensicherung. Während ihr Team die Aufnahmen durchsah, notierte Sofia die für sie wichtigen Hinweise.

»Okay«, sagte sie seufzend, »so wie es aussieht, haben sich in den vergangenen zwei Wochen fünf Kinder in dem Lager aufgehalten. Derzeit werden die Spuren analysiert und abgeglichen.« Sofia ignorierte die murmelnden Zwischenfragen. »Weitere Hinweise deuten im Haus der Imkerei auf zwei Personen hin. Diese werden mit denen von Thomas Richter und Christine Müller verglichen.«

»Sonst nichts weiter?«, fragte Antonio ungläubig.

Sofia zuckte mit den Schultern. »Die Täter sind sehr vorsichtig. Sie haben sich auf dem Gelände fast wie unter einer Tarnkappe aufgehalten, sind mit dem Lieferwagen gefahren und haben dabei alle Sicherheitsvorkehrungen getroffen, um Spuren zu vermeiden. Wir haben es hier mit Profis zu tun, die extrem vorsichtig und vorausschauend handeln.«

»Sie haben also damit gerechnet, dass sie auffliegen.« Laura strich sich nachdenklich über das noch feuchte Haar.

»Von Anfang an«, fügte Maria hinzu.

Antonio rutschte im Stuhl hin und her. »Also sind drei Kinder mit den Tätern geflohen, und wir haben nicht einmal eine Ahnung, um wie viele Entführer es sich handelt, wer alles darin verwickelt ist und worum es eigentlich geht.« Er seufzte tief. »Und es würde bedeuten, dass die anderen entführten Kinder tot sind.«

»Dazu haben wir keine Hinweise, Antonio«, sagte Sofia. Wenn es hier um Kinderhandel ging, bestünde durchaus noch die Möglichkeit, die Kinder zu befreien.

Er brummte und verschränkte seine Arme vor der Brust.

»Wir wissen auch nichts von anderen Lockvögeln und deren Kinder. Wenn es genauso ist wie mit Christine Müller und Thomas Richter, werden wir das nie herausfinden.«

Sofia nickte in Marias Richtung. »Die momentan heißeste Spur ist der Frachter.«

»Was haben wir über die Besatzung?« Laura zauberte einen Stift hervor und griff sich einen Notizblock, der auf dem Tisch halb verdeckt unter den Satellitenaufnahmen lag.

»Es handelt sich um einen kleinen Frachter. In der Größenordnung umfasst die Besatzung einen Kapitän, Offiziere, Ingenieure, Deckmannschaft, Maschinenpersonal und Catering-Personal.« Dex blieb hinter den Monitoren sitzen, wohl um die Informationen von dort aus abzulesen.

Laura kaute auf dem Stift herum. »Für eine solche Operation kommt ja wohl nur der Kapitän infrage.« Sie kritzelte etwas auf den Block. »Vielleicht noch ein Offizier oder jemand vom Maschinenpersonal.« Dann hob sie den Kopf und blickte zu Dex. »Hast du was zur Besatzung?«

»Kapitän Manfred Schreiner stammt aus Hamburg. Er wuchs in einer Seefahrerfamilie auf und hat das Meer von Kindesbeinen an geliebt. Er hat eine lange, erfolgreiche Karriere in der Schifffahrt hinter sich, arbeitet seit über 30 Jahren in der Handelsmarine und hat sich seinen Weg vom Decksmann zum Kapitän hochgearbeitet.

Schreiner ist seit 15 Jahren Kapitän auf RoRo-Schiffen und hat in dieser Zeit eine Vielzahl von Routen und Frachtgütern überwacht.

Er ist verheiratet und hat zwei Kinder.«

Sofia hob die Hand. »Ich will wissen, ob jemand unter den Crewmitgliedern ist, dessen Kind oder Kinder entführt worden sind.«

Antonio nickte. »Ich kümmere mich darum.«

Sofia bat Dex weiterzumachen.

»Erste Offizierin Monika Bauer kommt ursprünglich aus Flensburg. Sie hat ihre Leidenschaft für das Meer geerbt und wollte schon immer zur See fahren. Monika hat eine herausragende akademische Ausbildung in der Schifffahrt und verfügt über umfangreiche Erfahrung auf verschiedenen Schiffstypen. Sie ist seit 7 Jahren Erste Offizierin und arbeitet eng mit Kapitän Schreiner zusammen. Seit 5 Jahren ist sie auf diesem RoRo-Schiff tätig und kennt das Schiff in- und auswendig. Monika ist eine verlässliche Stellvertreterin des Kapitäns und trägt zur reibungslosen Navigation und Frachtabwicklung bei.

Sie ist ledig.« Sie kam also weniger infrage.

»Ich habe noch Maschinenchef Nikos Antonopoulos. Er wurde auf Kreta, Griechenland, geboren. Er hat eine starke Neigung zur Ingenieurwissenschaft und Technik. Nikos verfügt über einen Abschluss in Schiffsmaschinenbau und hat sich schnell zu einem angesehenen Maschinenchef entwickelt. Er arbeitet seit 12 Jahren auf RoRo-Schiffen. Nikos ist seit 8 Jahren Teil der Besatzung dieses Schiffes und kümmert sich um die reibungslose Funktion der Maschinen und Antriebssysteme. Er ist verheiratet und hat einen Sohn. Seine Familie lebt auf Kreta und unterstützt seine berufliche Laufbahn in der Schifffahrt.« Dex schwieg einen Moment. »Der Sohn ist zwanzig Jahre alt, ledig und hat selbst keine Familie.«

»Trotzdem sollten wir prüfen, ob er entführt

wurde.« Da der Frachter angehalten haben musste, um die Flüchtigen an Bord zu holen, ging Sofia stark davon aus, dass der Kapitän beteiligt war. Um die Kinder und Entführer auf dem Schiff unterzubringen, konnte es sein, dass er einen Helfer an Bord hatte – das war aber im Moment nebensächlich. Auch wie Manfred Schreiner die Personen unbemerkt hatte verstecken können, war für sie noch nicht von Relevanz. Nachdem, was sie über ihn gehört hatte, schien er seinen Beruf zu lieben, ebenso wie seine Familie, und es machte auf Sofia nicht den Eindruck, als hätte er bei den vorherigen Entführungen mitgewirkt. Natürlich konnte sie sich irren. Kriminelle machten selten den Anschein, als würden sie in ihrer Freizeit Verbrechen begehen.

Antonio hatte den Raum verlassen, Laura saß über ihren Notizen und Maria starrte nachdenklich an Sofia vorbei an die Wand.

Es fehlte bislang noch jede Spur von dem Skipper des Ausflugsschiffs und von Giannis, von dem sie lediglich den Vornamen hatten, der aber vermutlich nicht stimmte. Ein Bild in den Personalakten fehlte, das er nachreichen wollte, und die Beschreibung seines Kollegen Costas half ihnen ebenfalls nicht weiter. Sofia hatte die Spurensicherung gebeten, das Wachhaus zu untersuchen und mit möglichen Hinweisen im Lager zu vergleichen. Die Blutspritzer stammten von Costas, so viel hatte sie bereits vorliegen. Aber Giannis wahre Identität blieb weiterhin verborgen.

Sofia blickte auf die Uhr. Es war nach elf und es wurde Zeit, dass sie das Schiff mit einem Durchsuchungsbefehl betreten durften.

# 24

Das brummende, schlagende Geräusch stoppte plötzlich, und ein Ruck ging durch den Raum. Timo wurde gegen die Wand an sein Bett gedrückt und Tyler, der am Tisch stand und sich einen Schokoriegel aus dem Korb fischte, riss es fast von den Füßen. Die nackte Glühbirne baumelte hin und her und warf gespenstische Schatten in die Ecken. Es war mit einem Mal so still, dass Timo sich fast die Geräusche zurückwünschte. Er schwang die Beine übers Bett und starrte zur Tür, in der Hoffnung, sie würde sich ebenso plötzlich öffnen, um wenigstens etwas frische Luft einzulassen. Es stank mittlerweile erbärmlich nach ihren Ausscheidungen.

Tyler legte den Riegel ungeöffnet zurück und ging in die Mitte des Raums. Er folgte Timos Blick zur Tür und wartete wie er, ob etwas passieren würde.

Timo wagte es nicht, sie aus den Augen zu lassen,

blinzelte nur, wenn es nicht mehr anders ging und krallte die Finger in die kratzige, graue Decke neben sich.

Die Glühbirne erholte sich langsam von dem Ruck und blieb schließlich stehen. Aber noch immer war es gespenstisch still. Irgendetwas war passiert. Ob das gut oder schlecht war, darüber wollte Timo im Moment nicht nachdenken. Alles, was er wollte, war, nach Hause zu kommen.

## 25

DER FALL NAHM eine unerwartete Wendung, als Sofia am Nachmittag über einen Vorfall unterrichtet wurde und gleichzeitig erfuhr, dass ihnen der Zugang zum Frachter genehmigt worden war.

»Ich will, dass man auf uns wartet. Kein Zugriff, bis wir eingetroffen sind.« Sofia brüllte die Anweisungen über den Lärm hinweg, den die Rotorblätter des Helikopters machten, der auf einer freien Fläche im Garten landete. Als sie darin Platz nahm, sich anschnallte und die Kopfhörer aufsetzte, bemerkte sie nur nebenbei, dass ihre Teammitglieder, mit Ausnahme von Dex, ebenfalls ihre Plätze eingenommen hatten. Jeder von ihnen trug eine Sicherheitsweste und war mit Waffen ausgestattet. Jemand schloss die Tür und kurz darauf hob der Helikopter ab. Der Frachter befand sich vor Beirut, als der Notruf abgesetzt wurde. Da die libanesischen Behörden von den Ermittlungen durch Europol informiert waren, hatte es keine halbe Stunde gedauert, bis van der Berg hinzugezogen worden war. Der Frachter sollte sofort stoppen, die Crew auf weitere Anweisungen warten. Niemand durfte von Bord gehen, und die Küstenwache bewachte das Schiff, bis Verstärkung von Europol eintraf.

Sofia ging davon aus, dass sie mit ihrem Team schneller war, aus dem Grund waren sie bewaffnet, falls es zu einem Schusswechsel kommen sollte.

Monika Bauer hatte Kapitän Manfred Schreiner mit aufgeschlitzter Kehle über seinen Schreibtisch gebeugt in seiner Kajüte tot aufgefunden. Laut ihren Aussagen hat nichts auf einen Kampf hingedeutet, demnach muss er von hinten überrascht und angegriffen worden sein und konnte sich nicht gegen seinen Angreifer wehren. Sie habe keine Fremden auf dem Schiff bemerkt, der Kapitän sei angespannter gewesen zu sein, aber niemand habe sich darüber Gedanken gemacht.

Zwischenzeitlich hatte Antonio herausgefunden, dass weder die Familie des Toten noch die des Maschinenchefs bedroht worden waren. Er hatte sich vergewissert, dass sie alle in Sicherheit waren. Sie konnten nur mutmaßen, weshalb der Kapitän getötet worden war, und ob sich die entführten Kinder auf dem Schiff aufhielten oder das Team von Eurocrime auf ein perfides Ablenkungsmanöver reingefallen war.

Bis sie in Beirut landeten und von dort aus mit einem Boot zum Frachter gebracht werden würden, hing jeder seinen Gedanken nach. Sie standen vermutlich alle wie Sofia unter Strom und bereiteten sich mental bereits auf den Zugriff vor.

Da Monika als Offizierin nichts Außergewöhnliches hatte feststellen können, ging Sofia davon aus, dass, wenn die Kinder und deren Entführer an Bord waren, sie in einem Bereich des Frachtschiffes untergebracht worden sein mussten, wo sich selten jemand von der Besatzung aufhielt.

Während des Flugs bekam Sofia die Schiffspläne des Frachters und leitete sie an ihr Team weiter.

»Die Besatzung ist angehalten, sich vollzählig an Deck aufzuhalten.« Sofia hatte im Kopf einen Einsatzplan für den Zugriff erstellt und gab diesen nun im Detail bekannt.

»Um Personen unbemerkt zu transportieren, kommt am ehesten der Schiffsrumpf infrage. Wir gehen folgendermaßen vor: Laura nimmt sich den Bug vor, ich nehme das Mittelschiff mit Antonio und wir teilen uns hier auf. Maria konzentriert sich auf das Heck.« Sofia sah auf die Zeichnung auf ihrem Handy und vergrößerte die Ausschnitte. »Wir sind per Funk miteinander verbunden.« Sie deutete auf die Kopfhörer, die jeder von ihnen auf dem Schoß liegen hatte. Dann blickte sie auf und sah ihr Team nacheinander an. »Bei Sichtkontakt in Deckung gehen, bei Gefahr in

Verzug, schießen, insofern keines der Kinder gefährdet wird.«

»Wäre es nicht sinnvoller, wir würden auf die Spezialeinheit warten?« Antonio zog die Brauen zusammen.

»Das dauert zu lange«, sagte Sofia knapp. Da sie mit ihrer Einheit eine Sonderstellung innerhalb von Europol genoss, behielt sie die Kontrolle über Entscheidungen eines Zugriffs. Es mochte für alle Beteiligten gefährlich sein, aber van der Berg hatte genau mit diesen Hintergedanken dieses spezielle Team zusammengestellt.

Sie landeten, als es bereits dämmerte, und wechselten zehn Minuten später vom Helikopter in ein Schnellboot der Küstenwache, das hart über die Wellen fuhr. In der Ferne erkannten sie den Frachter und die umliegenden Schiffe der Wache. Sofia hielt sich an der Reling fest und spürte bald darauf ihre Finger nicht mehr, da sie vom kalten Meer nass gespritzt wurden. Ihre Gesichter waren durch die Visiere der Helme, die sie trugen, geschützt.

Das Schnellboot hielt seitlich am Schiff, wo bereits eine Leiter ins Wasser ragte. Sofia kletterte eilig hinauf und wurde von der Ersten Offizierin empfangen. Ihr Team beachtete sie nicht. Sie waren angehalten, sich zum Rumpf vorzuarbeiten.

Monika hatten die letzten Stunden sichtlich zugesetzt. Ihre dunkelblonden Haare hingen wirr aus dem Knoten, die Wimperntusche unter ihren Augen war verschmiert. Nur ihre Offiziersuniform saß perfekt, als hätte sie diese gerade erst angelegt.

Die restlichen Besatzungsmitglieder standen kerzengerade an Deck hinter ihr. Sofia ging davon aus, dass sie die Anweisung von Monika bekommen hatten.

»Bleiben Sie bitte hier.« Sie wollte im Moment keine Fragen stellen, zu wichtig war dieser Zugriff und die Kinder, die sich vielleicht an Bord aufhielten.

Monika überlegte einen Moment, nickte dann, und Sofia stieg die Treppen hinab zum Rumpf. Sie zog die Waffe, entsicherte sie und hob sie leicht an, während sie den Gängen folgte und sich vorarbeitete. In ihren Kopfhörern hallten die Atemgeräusche ihrer Teammitglieder. Noch waren keine Schüsse gefallen, aber je weiter Sofia sich ins Innere des Schiffs vorarbeitete, desto angespannter wurde sie in der Erwartung, jeden Moment von einem unbekannten Gegner beschossen zu werden. Bevor sie unten ankam, meldete sich Maria.

Sie flüsterte, ihre Stimme klang jedoch deutlich und klar. »Ein verschlossener Raum befindet sich in der Nähe der Maschinen im Heck.«

Sofia hielt inne und rannte hinauf. »Ich kümmere mich darum.«

»Sauber«, sagte sie nach einer Weile, als sie wieder

an Deck kam und auf Monika zukam. »Haben Sie alle Schlüssel für jede Kabine auf diesem Schiff?«

»Natürlich. Für welchen Raum benötigen Sie einen Zugriff?«

»Unten beim Maschinenraum ist eine verschlossene Kajüte.«

Die Offizierin runzelte die Stirn und kramte in ihrer Jacke nach einem dicken Schlüsselbund. »Die Kabine wird nicht mehr genutzt«, sagte sie, doch Sofia streckte die Hand aus.

»Welcher ist es?«

»Einen Moment.« Sie wühlte sich durch die einzelnen Schlüssel und schüttelte schließlich den Kopf. »Ich habe ihn nicht.« Eine Schweißperle rann ihre Stirn hinab, die sie hastig wegwischte.

»Ich bin jetzt bei Maria«, hörte Sofia Antonio im Kopfhörer sagen. »Dauert keine fünf Minuten.«

Sie eilte wieder hinab, als sie Laura hörte. »Sauber. Moment ...« Stille.

Sie blieb nicht stehen, sondern rannte weiter nach unten. Laura klang nicht so, als würde sie mit einer Waffe bedroht. Sofia bog im Rumpf rechts ab und erreichte Antonio und Maria, als er die Tür aufzog. Er hatte sie wohl anders öffnen können. »Keine Angst, ihr seid in Sicherheit«, sagte er und nickte Sofia zu, bevor sie einen Blick ins Innere werfen konnte.

»Antonio, ich könnte dich auch gebrauchen.«

Lauras Stimme klang etwas weniger angespannt, als noch kurz zuvor, und während er an Sofia und Maria vorbei zu Laura ging, hatte sie endlich eine Gelegenheit, in die Kabine zu blicken.

Zwei Jungen starrten sie ängstlich an. Sie waren zurückgewichen, und einer von ihnen hielt einen Eimer in seinen Armen, mit dem er sich anscheinend bewaffnet hatte, um sich zu wehren.

Sofia setzte ihren Helm und die Maske ab und ging auf die beiden Kinder zu.

»Ganz ruhig. Euch wird nichts geschehen.«

Der Junge mit dem Eimer, der laut den Fotos seiner Eltern Timo sein musste, ließ den Kübel fallen, sank zu Boden und weinte. Der andere schien noch nicht fassen zu können, was sich abspielte. Es war Tyler.

»Ein weiterer Junge. Es müsste Nico sein«, meldete sich Antonio. Während Maria sich um Timo und Tyler kümmerte, ging Sofia auf den Gang zurück, lehnte sich gegen die Metallwand und schloss für einen Augenblick die Augen. Das Adrenalin durchflutete ihre Adern weiterhin, aber ihre Muskeln entspannten sich etwas. Für einen Moment wünschte sie sich, jemand würde ihr ab sofort alles abnehmen und sie könnte sich für ein paar Tage einfach nur ins Bett legen und an nichts denken, was mit diesem Albtraum zu tun hatte. In ihren Ohren rauschte das Blut, und sie wusste ganz genau, dass jetzt erst die richtigen Ermittlungen anfingen und dass sie sich denen nicht entziehen konnte. Zumindest den meisten offenen Fragen nicht. In der Tat, es war ein Teilerfolg, dass sie drei Kinder hatten retten können, die waren allerdings nur die Spitze des Eisbergs.

# 26

Nachdem die Kinder ärztlich untersucht worden waren, hatte man seitens Europol dafür gesorgt, dass sie schnellstmöglich nach Hause gebracht wurden. Timos Eltern warteten bereits im Resort auf ihren Sohn.

Sofia würde sich irgendwann darüber informieren, wie es den Jungen erging, im Moment war jedoch wichtiger, dass sie herausfanden, wo sich die anderen Kinder und ganz besonders deren Entführer aufhielten. Warum war Kapitän Manfred Schreiner getötet worden? Bei seiner Leiche stellte man keine Hinweise oder Spuren sicher, sein Handy und Laptop wurden untersucht. Das Einzige, was sie fand, war ein Holzspielzeug. Ein handgefertigtes Labyrinth-Puzzle, auf dem der Kapitän mit seinem Kopf gelegen hatte. Eine winzige Kugel aus Metall lag in der äußersten Ecke, so als hätte jemand das Spielzeug mit Absicht so hingelegt, dass der Ball in einer Ausgangsposition lag.

»Das Opfer ist etwa zwei bis drei Stunden vor Entdeckung gestorben.« Doktor Fischer verzichtete bewusst auf weitere Erklärungen zur Leiche, wartete aber einen kurzen Augenblick, ob Sofia noch etwas wissen wollte. Dass Schreiner sich nicht gewehrt hatte, konnte sie selbst bereits sehen, darum waren tatsächlich keine Details notwendig.

»Eins noch«, sagte Fischer und zupfte an seiner Fliege herum. »Es handelt sich dabei um die gleiche Waffe, die auch bei Christine Müller verwendet wurde.«

Das hatte Sofia sich schon fast gedacht, und bestätigte ihre Vermutung.

Die Spurensicherung nahm Proben in der Kombüse, und erst als Fischer mit seinem Assistenten Max die Leiche abtransportierte, betrachtete Sofia das Holzspielzeug genauer.

An manchen Stellen befand sich eine seltsame Markierung. Aus einem Impuls heraus nahm sie das Brett an sich und versteckte es unter ihrer Weste, bevor jemand davon etwas mitbekam.

Sie gingen erst kurz nach Mitternacht von Bord des Frachters. Als sie im Helikopter hinter ihrer provisorischen Einsatzzentrale in Griechenland landeten, entschied Sofia, die Nacht dafür zu nutzen, um ihren Gehirnen die notwendige Erholung zu gönnen, die sie brauchten, um die Rätsel, die nun vor ihnen lagen, zu entschlüsseln. Sofia stellte das Spielbrett auf dem Tisch in ihrem Zimmer ab, zog sich aus und stellte sich unter die Dusche. Sie war sicher, dass ihr Team nicht so schnell in den Schlaf finden würde. Sie hatten diesen Fall nur zu einem Teil lösen können, waren zwar erfolgreich bei der Rettung dreier Kinder, was allerdings nur der Anfang war.

Die wichtigste Frage, die sich Sofia dabei stellte, konnte sie sich beim besten Willen nicht beantworten. Was hatte die Kobra mit alldem zu tun?

Schließlich löschte sie das Licht und legte sich ins Bett, mit der Gewissheit, dass sie ohnehin keinen Schlaf finden würde.

Dennoch musste sie irgendwann eingeschlafen sein, denn sie wachte früh am folgenden Morgen um sechs auf und fühlte sich sogar ausgeruht. Van der Berg hatte sich bisher nicht gemeldet, aber sicherlich würde er sie in den nächsten Stunden anrufen. Sie machte sich rasch fertig und traf überraschenderweise ihr Team beim Frühstücken am Esstisch im Wohnraum an. Sofia ignorierte ihren knurrenden Magen, als der Geruch von Eiern, Speck und Toastbrot um ihre Nase wehte und schenkte sich lediglich einen großen Becher Kaffee ein.

»Selbst du musst mal was essen«, sagte Antonio mit

dicken Backen und schob die Pfanne mit Rührei und Speck gegen ihren leeren Teller.

Sofia nippte an ihrem Becher und häufte etwas von dem Inhalt der Pfanne darauf. Sie nahm eine Gabel und seufzte wohlig. Es schmeckte hervorragend, und das Fett, das vom Speck in die Eier geflossen war, war herrlich würzig und fühlte sich komplett ungesund an.

Antonio grinste zufrieden. »Also, Antonio, wenn ich einen Koch fürs Frühstück brauche, rufe ich dich an«, sagte Laura und lachte.

»Bin dabei.« Dex schaufelte den Rest in seinen Mund und stopfte einen Toast hinterher.

»Ich auch«, sagte Maria.

Die Stimmung war weder angespannt noch entspannt.

Sofia ließ ihnen allen aber den Moment der Normalität, denn jeder wusste, was ihnen bevorstand. Also wartete sie, bis sie aufgegessen hatten.

Antonio erhob sich schließlich, räumte den Tisch ab und stellte das Geschirr in die Spülmaschine. Als er zurückkam, standen alle vom Tisch auf und gingen in den Nebenraum.

Sofia holte das Spielbrett aus ihrem Zimmer und stellte es in der Mitte des Tisches ab. »Das habe ich vom Tatort auf dem Frachter mitgenommen.«

Niemand sagte etwas.

»Vermutlich ist es eine blöde Idee, aber ich denke, dass das eine Bedeutung hat. Ich will eure Meinung dazu hören.« Sie erklärte ihnen, wo sie es gefunden hatte und dass es auf sie den Eindruck gemacht hatte, dort nicht hinzugehören, sondern von jemandem absichtlich unter der Leiche platziert worden zu sein. Eigentlich sollten sie offensichtlichere Dinge in diesem Fall ergründen. Sofia fasste zusammen, was sie dazu veranlasste, zu glauben, dass das Spielzeug wichtig sei.

»Alles an Timos Verschwinden sieht für mich nach einer Inszenierung aus.« Alle nickten, aber keiner äußerte sich, sondern wartete ab, was sie zu sagen hatte. Sie hoffte, dass sich das irgendwann mal legen würde und ihr Team seine Gedanken mit ihr teilte. »Die Karten, die ein Markenzeichen der Kobra sind.« Sofia zählte die Punkte an den Fingern ab. »Das Haarband, das Christine Müller verloren und das uns mit eindeutigen Spuren zum Lager geführt hat. Warum sie getötet wurde, ist weiterhin ein Rätsel. Thomas Richter, der lebend zurückgelassen wurde, um uns weitere Hinweise zur Vorgehensweise zu geben. Dass die Täter scheinbar wissen, dass sie per Satellit geortet werden konnten. Das Lager, das genau aus diesem Grund gewählt wurde. Der tote Kapitän, weshalb wir plötzlich Zugriff auf den Frachter hatten. Die Vorbereitung, die Durchführung der Entführer, die alles bedacht hatten, nur um offensichtliche Hinweise zu hinterlassen, wie wir die Kinder finden. Zu guter Letzt dieses Spielzeug mit seltsamen Markierungen an Stellen, worauf die Kugel treffen kann.« Sofia schob das Brett näher an ihr Team. Laura und Dex mussten aufstehen, um es genauer anzusehen.

»Hier, hier und hier sind die Markierungen, von denen du gesprochen hast.« Laura deutete auf die Punkte.

»Moment mal …« Dex nahm den Block, den Laura gestern genutzt hatte, und riss ein leeres Blatt raus. Dann fing er an, darauf herumzukritzeln, dabei die Augen immer wieder auf das Spielzeug richtend.

Antonio war der Einzige, der dem Brett nicht sonderlich viel Aufmerksamkeit schenkte, denn er lehnte sich im Stuhl zurück. »Ich begreife noch immer nicht, warum die Kobra uns zu den Kindern führen sollte. Und was ist mit den anderen, bei denen keine Karten hinterlassen wurden? Die Entführungen begannen vor vier Jahren. Und plötzlich kommt die Kobra auf die Idee, uns mit aufs Spielfeld zu holen?« Er schüttelte den Kopf. »Warum wurde Christine Müller ermordet? Was ist mit diesem Wachmann, was ist mit dem Skipper? Und dem Mittelsmann Fahil Hadad? Ist der überhaupt von Bedeutung?«

»Der ist spurlos verschwunden«, nuschelte Dex, der über seinen Kritzeleien grübelte.

Antonio hob die Arme. »Keine Ahnung, was der damit zu tun hat, außer für irgendjemanden teure Porsches zu kaufen.«

Sofia lächelte. »Zu deiner Beruhigung, zur Kobra-Frage habe ich auch keine Antwort. Nicht einmal eine

Theorie.« Eine winzige schwirrte ihr bereits permanent im Kopf herum, aber die war so abwegig, dass sie noch nicht im Detail darüber nachgedacht hatte. »Zu den anderen schon?«

Sofia legte den Kopf schief. »Nur Vermutungen. Christine Müller könnte etwas entdeckt haben, was wir nicht herausfinden sollten. Der Wachmann Giannis könnte Costas getötet und die Spuren beseitigt haben. Der Skipper könnte ebenfalls zu den Tätern gehören. Vielleicht war er derjenige, der seinen Opfern die Kehlen durchschneidet.«

»Unwahrscheinlich«, sagte Laura. »Der Skipper hat seit mehr als drei Jahren auf dem Ausflugsschiff gearbeitet.«

»Niemand sagte aus, dass er sich vielleicht ungewöhnlich verhalten hat in der letzten Zeit?« Sofia glaubte eher nicht, sonst hätte sie diese Information längst erhalten.

»Nein«, sagte Laura. »Er war jedenfalls nicht mehr an Bord, als das Schiff wieder anlegte.«

»Aber er war an Bord, als es hinausfuhr?«

»Das bestätigten nur die Engländer, die das Boot von ihm bekommen haben.«

Sofia seufzte. Vermutlich hatten sie ihren Gönner gar nicht richtig angesehen, weil alles so schnell gegangen war, und im Tagesgeschäft konnte es schon mal vorkommen, dass man einen Arbeiter einfach nicht bemerkte. Wie sie es drehte und wendete, all diese Informationen waren nichts wert, wenn die Täter so planvoll vorgegangen waren, wie sie es vermutete. Sie hinterließen keine Spuren. Erst recht nicht zu jemandem, der etwas aussagen könnte. Und weil Sofia die Kobra nun lange genug jagte, wusste sie, dass das genau deren Vorgehensweise ist. »Ich glaube, sie sind tot«, sagte plötzlich Maria.

»Wer?«

»Der Skipper, Fahil, vielleicht sogar Giannis.« Sie hob den Kopf. »Denkt doch mal nach. Warum ist nicht auch Costas verschwunden? Er wurde niedergeschlagen und an einen Baum gefesselt. Aber so, dass man ihn sofort findet.« Ihre Augen blitzten, die Wangen färbten sich rosa. »Giannis hatte den Auftrag, seinen Kollegen umzubringen, allerdings hat er es nicht getan. Costas machte auf mich den Eindruck, als würde ihm was an seinem Kollegen liegen. Vielleicht war es umgekehrt auch so.«

Sofia nickte nachdenklich. »Könnte sein.«

»Leute, ich glaube, ich habe was.« Dex hob seinen Kopf von dem Stück Papier und drehte es um. »Also gut«, sagte er, nachdem offensichtlich niemand verstand, was er rausgefunden hatte.

»Die Position der Markierungen auf dem Labyrinth stellen einen geografischen Ort dar.«

Sofia nahm das Blatt vom Tisch und versuchte, aus den Linien, Kreisen und Ovalen etwas Derartiges herauszulesen. Dabei drehte sie es mehrmals hin und her. Schließlich legte sie es zurück auf den Tisch. »Erklärst du uns das bitte?«

Dex stand auf, nahm das Stück Papier mit und setzte sich hinter seinen Monitor. »Die erste Markierung zeigt die Umrisse von Armenien, auf der zweiten ist eine Bergkette zu erkennen. Und auf der dritten ... eine Sekunde.« Er tippte auf der Tastatur herum und kam kurz darauf hinter dem Bildschirm hervor. »Es sind unter diesen ganzen gestrichelten Linien, die wohl ein Dorf darstellen sollen, Koordinaten verborgen.«

»Bist du dir da sicher?«

Er verzog seine Lippen zu einem Schmollmund. »Hundertprozentig.«

Was auch immer sich dort befand, Sofias Team sollte es finden.

# 27

Sofia entschied sich, van der Berg über die Mitnahme des Beweisstücks vom Tatort zu informieren. Den schien das nicht zu interessieren, was ihr recht war, denn sie wollte sich im Augenblick keine Gedanken über mögliche Konsequenzen machen. Armenien gehörte nicht zum Einsatzgebiet von Europol, was die Einreise erschweren würde, aber auch davon wollte Sofia derzeit nichts hören. Sie wusste nicht, was sie dort erwartete – ein weiterer Hinweis? – doch sie musste mit ihrem Team schnellstmöglich vor Ort sein. Bis er eine Möglichkeit fand, blieb ihnen nur übrig, den Fall bis hierhin aufzuarbeiten, selbst wenn ihre Konzentration in eine andere Richtung ging. Dex arbeitete unterdessen daran, Satellitenaufnahmen zu besorgen, die unter Umständen nützlich für sie sein könnten. Alles, was er bislang rausfand, war, dass es sich um ein kleines verlassenes Bergdorf handelte. Menschen oder Fahrzeuge waren nicht zu erkennen.

Der Rest des Teams fasste den Fall zusammen und verteilte untereinander die Aufgaben der jeweiligen Berichte.

Van der Berg hatte angeordnet, dass die Mithilfe der neuen Einheit Eurocrime nicht in den Medien auftauchen sollte. Außer den Grüters wusste niemand etwas von ihrer Existenz. Er hatte den Fall intern als offen deklariert und bat weiterhin um Stillschweigen, damit die Operation erfolgreich abgeschlossen werden konnte. Die Eltern von Timo würden ohnehin andere Sorgen haben. Wenn ihr Kind auch nur wenige Tage gefangen gehalten worden war, würde die Verarbeitung eines solchen Traumas für alle Familienmitglieder nicht einfach werden. Ganz anders erging es vermutlich Tyler und Nico sowie deren Eltern. Psychologen würden sich um die Familien kümmern, und Sofia wollte sich nicht ausmalen, was jeder der Betroffenen durchmachen musste.

Als sie endlich die Bestätigung vorliegen hatten, dass sie mit ihrem Team einreisen und ermitteln durfte, war es bereits nach zwölf und als sie am Zielort ankamen, dämmerte es bereits.

Das Bergdorf lag recht weit oben in einer Senke, umringt von Bergen, die Gebäude – fünf Häuser aus

Lehm erbaut – eine Scheune, der Brunnen, alles war mit einer feinen Schicht aus Sand bedeckt. Obwohl sich hier keine Fahrzeuge befanden und dieser Fleck Erde verlassen schien, war Sofia mit ihrem Team voll ausgerüstet, und als sie ausstiegen, zog jeder seine Waffe und ging leicht geduckt auf das Dorf zu. Sie verteilten sich und waren über Funk miteinander verbunden. Was Sofia erwartet hatte, wusste sie selbst nicht. An diesem Ort lebte jedenfalls schon lange niemand mehr, und jegliche Spuren waren durch Sandstürme vernichtet worden. Dennoch blieb jeder auf der Hut. Der Brunnen in der Mitte des Dorfes war abgedeckt, einige Eimer aus Holz lagen daneben. Sofia beachtete ihn nicht. Noch nicht. Sie näherte sich einem Haus auf der rechten Seite und stemmte die Tür auf. Die Bewohner hatten das Dorf nicht fluchtartig verlassen, denn das Innere des Hauses war leer, der Boden mit Sand bedeckt, durch die Fensterscheiben konnte man nicht nach draußen sehen. Eine weitere Tür führte nach hinten hinaus. Es gab nur ein Zimmer, in dem sie jetzt stand. Mit den Füßen wischte sie über die Erde, in der Hoffnung, eine Art Keller zu finden. Tatsächlich befand sich eine Holzklappe im Boden und sie ging auf die Knie, die Waffe erhoben. Mit einer Taschenlampe leuchtete sie hinab und entdeckte eine Leiter. Niemand griff sie an. Eilig kletterte sie die schmalen Stufen hinunter und sah eine kleine Holzkiste, die an der Wand rechts stand. Der Raum war nicht sehr groß, hatte dem Bewohner vielleicht als Kühlraum gedient. Von ihrem Team hatte sie bislang noch nichts gehört. Sie leuchtete in jede Ecke, bis sie fand, weshalb man sie hierhergeführt hatte, und obwohl Sofia einiges gewohnt war, erstarrte sie und wäre am liebsten nach oben geklettert und hätte sich zu Hause in ihrem Bett verkrochen.

Zwei bleiche Totenschädel lehnten aneinander und starrten sie geradezu an, als wären sie exakt zu diesem Zweck so platziert worden. An der Größe war zu erkennen, dass es sich um Kinder gehandelt haben musste. Die Kleidung hing noch in Fetzen an ihren Knochen. Sofia wischte sich den Schweiß aus den Augen und trat einen Schritt zurück, bis sie die Wand an ihrem Rücken spürte.

»Ich habe zwei skelettierte Kinderleichen gefunden«, sagte sie tonlos.

Nach einer Weile hörte sie Antonios Stimme in ihrem Ohr. »Keine Kinder, aber ich habe hier drei Skelette.«

»Zwei Leichen«, sagte Maria. »Keine Kinder.«

»Bei mir auch. Keine Kinder.« Laura räusperte sich. »Also zwei Skelette.«

Sofia wandte den Blick ab, um auf die Holzkiste zuzugehen. »Was habt ihr noch gefunden?«

»Nichts.«

»Nichts.«

»Leer.«

Sofia beschloss, die Kiste mit hochzunehmen. »Wir treffen uns am Brunnen.«

Als sie oben ankam, steckte sie die Waffe ein und beleuchtete mit der Taschenlampe den Weg nach draußen, denn inzwischen war es dunkel geworden. Am Brunnen stellte Sofia die Kiste auf die Abdeckung und wartete, bis alle da waren. Erst dann öffnete sie den Deckel.

# 28

Sie ist gut. Verdammt gut. Wie erwartet, hat sie aber noch nicht verstanden, worum es geht, würde das Rätsel so schnell auch nicht lüften. Das muss sie gar nicht. Sie hat genau das gemacht, was ich wollte. Wie eine Marionette, die ich die ganze Zeit über geführt habe. Dabei darf ich mir nicht zu sicher sein, was ich auch nicht bin, denn sie ist ein Mensch und denkt selbstständig.

»Denkst du wieder an sie? Muss ich eifersüchtig werden?« Sie meint es nicht ernst und will mich lediglich von meinen trüben Gedanken befreien. Sie ist sich darüber im Klaren, dass ich das weiß, dennoch spielt sie immer wieder mit mir, und jetzt kuschelt sie sich an meine Brust, schlingt ein Bein über meine und reibt sich an mir. Es war ein Erfolg. Alles ist so gelaufen, wie ich es geplant habe. Die Vorbereitungen, die Planungen, die Zeit, die ich benötigt habe, um jetzt dort zu sein, wo ich bin, all das hat sich gelohnt.

Das Beste von allem ist jedoch, dass Sofia Shrader keinen blassen Schimmer hat, was sie noch erwarten wird.

# 29

Es gab Momente, da hätte Sofia am liebsten alles hingeschmissen, van der Berg zum Teufel gejagt, ihr Team zurückgelassen, künftige Fälle von jemand anderem gelöst. Aber sie waren zu weit gekommen, die Menschen, mit denen sie zusammenarbeitete, zu motiviert und mit dem gleichen moralischen Kompass ausgestattet, wie sie selbst, dass diese Momente nur von kurzer Dauer waren.

Drei Tage war es nun her, und seitdem gab es stetig neue Erkenntnisse. Sie arbeiteten sich durch die Daten auf der Festplatte, die sie in der Holzkiste gefunden hatten, ohne Pause, mit dem Ziel, die wahren Verantwortlichen zur Strecke zu bringen.

Es war wie ein Puzzle, bei dem das Zusammensetzen der einzelnen Teile ein grausames Gesamtbild ergab.

Kinder aus Ländern mit sehr gutem Gesundheitssystem, die für Kinder aus Ländern mit einer weniger guten Versorgung ausgeschlachtet worden waren. Eine Organisation, die dafür gezielt geeignete Kinder aufspürte und entführte.

Sie brauchten blaue Augen? Kein Problem, der passende Kandidat stünde in Kürze zur Verfügung. Lunge eines Sportlers, Niere oder Leber eines Veganers, Herz eines sportlichen jungen Mädchens und weitere kuriose Anforderungen waren nur die Spitze des Eisbergs dessen, was sie darunter fanden. Organhandel, der in kleinem, aber perfiden Stil verübt worden war.

In den Akten der Kinder waren verschiedene Anforderungsprofile abgelegt. Derjenige, der ihnen die Daten hinterlassen hatte, hatte alle Informationen perfekt geordnet auf der Festplatte aufbereitet. Ihr Team war mit Spurensicherung und Forensikern dabei, die Leichen zuzuordnen. Die beiden Kinderleichen stammten aus Entführungen vor knapp zwei Jahren. Die Überreste der Erwachsenen, die gefunden worden waren, konnten leider nicht so einfach identifiziert werden, da keine zahnärztlichen Unterlagen vorlagen. Es gab allerdings noch einen weiteren Ordner auf der Festplatte, der acht Unterordner zu Personen enthielt, die mutmaßlich beteiligt gewesen waren. Ärzte, Anästhesisten, OP-Personal, die überwiegend aus Ländern stammten, die nicht zu Europa gehörten, keinerlei Vorstrafen hatten und die vor vier Jahren verschwunden waren. Um die Leichen mit ihnen abzugleichen, musste demnach ein größerer Aufwand betrieben werden. Durch die langjährige medizinische Erfahrung jedes Mitarbeiters an diesem Fall, ging Sofia davon aus, dass sie bald wissen würden, welche Leiche zu wem gehörte.

Leider hatten sie keine Informationen zu den anderen vier entführten Kindern auf der Festplatte gefunden. Zwar gab es zu ihnen Akten, aber jegliche Spuren zu deren Verbleib fehlten. Auch Hinweise auf die Lockvögel, die man benutzt hatte, waren nicht verzeichnet worden.

Jemand hatte es ihnen fast zu leicht gemacht.

Sofia hingegen interessierte nur eines: Was hatte die Kobra mit der Sache zu tun? Und wer war die Person, die all die Informationen zur Verfügung gestellt hatte?

Leiter dieser Operation waren vor vier Jahren zwei Männer aus dem Nahen Osten, und deren Mittelsmann und Ansprechpartner war stets Fahil Hadad gewesen, der spurlos verschwunden ist. Auch zu den Männern tappten sie weiterhin im Dunkeln, da sie noch nicht mit Sicherheit feststellen konnten, ob sie unter den gefundenen Leichen gewesen waren. Mit ihnen war die Zahl der Überreste aber übereinstimmend.

Ihre Hoffnung ruhte also auf dem Mittelsmann. Wenn er nicht sogar die Person war, die ihnen all die Hinweise gegeben hatte und mit den Skatkarten seine Identität verschleiern wollte.

Alles, was helfen könnte, den oder die Auftraggeber zu fassen, blieb verborgen. Darüber gab es keine Anhaltspunkte auf der Festplatte. Sämtliche Spuren endeten bei Hadad.

Sofia lehnte ihren Kopf gegen die Glasscheibe ihres Büros, das auf der Empore am Ende des Ganges lag, und in dem sie sich noch immer nicht häuslich eingerichtet hatte, obwohl sie jetzt schon den dritten Tag von hier aus arbeitete. Die meiste Zeit war sie unten bei ihrem Team, und sobald sie nach oben stieg, sollte sie eigentlich dankbar für die Ruhe sein, die sie umgab, wenn sie die Tür schloss, aber das genaue Gegenteil war der Fall.

Wenn sie darüber nachdachte, dass es Menschen gab, die Kinder für deren Organe ausgeschlachtet und sie wie Vieh zum Sterben zurückgelassen hatten – und das alles nur für Geld –, würde sie gerne mehr tun, als zu kotzen, was sie in den ersten Stunden tatsächlich getan hatte. In diesen Momenten steckte sie ihre

Energie in die Arbeit, um bloß nicht darüber nachzudenken.

»Alles in Ordnung?« Sofia nahm den Kopf von der Scheibe, richtete ihr Jackett und drehte sich um.

Simon van der Berg hatte die Tür hinter sich geschlossen und stand vor ihrem Tisch.

Sie räusperte sich, ging zu ihrem Stuhl und setzte sich. »Ja, alles in Ordnung.« Dabei blickte sie ihn nicht an.

Er nickte, öffnete sein Jackett und nahm vor ihrem Tisch Platz. »Hast du eine Theorie zur Kobra?« Van der Berg umgab diese bestimmte Aura, die sie sofort ruhiger werden ließ.

Sofia seufzte. »Nur dass ich nicht glaube, dass er etwas damit zu tun hat.« Ihr Bauchgefühl unterschied sich von ihrer Aussage, aber darum ging es nicht, und sie würde ihre Gefühle nicht vor ihrem Boss ins Spiel bringen.

Er kniff die Augen zusammen. »Warum?«

»Es war zu einfach. Die Skatkarten kamen erst bei den letzten drei entführten Kindern ins Spiel. Warum sollte er uns sämtliche Informationen auf einer Festplatte hinterlassen? Wieso die Leichen?«

Van der Berg neigte den Kopf. »Also glaubst du, jemand hat seine Signatur genutzt?«

Sofia hörte einen leichten Zweifel heraus. Sie straffte die Schultern und reckte ihr Kinn vor. »Etwas muss vor einem Jahr passiert sein, ja. Deshalb glaube ich, dass uns jemand in die Irre führen will.«

»Warum?« Seine Augen leuchteten.

»Damit wir hinzugezogen werden.« Kaum sprach sie es aus, schon klang es für sie nach einer wirklich dämlichen Theorie. Sie schüttelte den Kopf. »Offen gestanden, weiß ich nicht, aus welchem Grund.« Sofia blickte ihm fest in die Augen.

Van der Berg verschränkte die Arme und lächelte. »Auch wenn du nicht glaubst, dass die Kobra dahintersteckt, weiß ich dennoch, dass du eine andere Theorie hast.« Er beugte sich vor. »Erinnerst du dich an den Fall mit dem Menschenhandel?«

Sofia seufzte. Er hatte sie durchschaut. Sie nickte.

»Er hat sich vor neun Jahren in die Organisation eingeschlichen. Es hat etwa acht Monate gedauert, bis er sie von innen zerschlagen hatte, und wir erhielten wertvolle Hinweise, um die Verantwortlichen zur Rechenschaft zu ziehen.«

»Es ist nur eine Vermutung, dass es die Kobra war …«

Van der Berg lehnte sich zurück. »Alles deutete darauf hin, Sofia.«

»Was? Willst du damit sagen, die Kobra ist eigentlich unser Freund?« Sie umklammerte mit ihren Fingern die Tischkante.

Van der Berg hatte recht. Er sprach das laut aus,

was Sofia im Innersten dachte, aber es musste noch lange nicht stimmen.

»Gewiss nicht«, sagte er und stand auf. »Dennoch eine Möglichkeit, die wir mit allem anderen, was wir haben, beleuchten sollten.« Van der Berg knöpfte den Knopf wieder zu und schob den Stuhl zurück. »Er ist weiterhin ein Verbrecher, und es gehört zu unserer Aufgabe, ihn zu schnappen. Es ist allerdings Fakt, dass die Kobra noch nie in Derartiges verwickelt war.«

Sofia schnaubte. »Ja, weil wir ihn nicht in Verdacht haben. Das heißt lange nichts.«

Van der Berg wandte sich zur Tür, öffnet sie und dreht sich noch einmal um. »Behalte es einfach im Hinterkopf. Um mehr bitte ich gar nicht.«

Sofia blickte ihm nach, ließ die Tischplatte los und streckte ihre Finger.

Das war doch Irrsinn.

An der Treppe begegnete van der Berg Antonio. Sie sprachen einen Moment und van der Berg schlug ihm auf die Schulter, als er den Stufen nach unten folgte.

Bevor Antonio anklopfen konnte, winkte Sofia ihn rein.

»Es wurden zwei Leichen gefunden«, sagte er und blieb stehen. »Beide wurden bereits identifiziert. Der Skipper wurde in einer Bucht oberhalb des Athos angespült. Man hat ihn heute in den frühen Morgenstunden entdeckt. Bei dem zweiten Toten handelt es sich um Giannis, unseren Wachmann. Maria hat die Polizei um deren Mithilfe gebeten, aus dem Grund wurden wir informiert.«

Sofia stand auf. Sie wollte wieder runter zu ihrem Team.

»Wer hat Giannis identifiziert?« Sie kam hinter dem Tisch vor und verließ das Büro.

Antonio folgte ihr. »Costas. Sobald die Polizei weitere Informationen hat, werden wir informiert.«

Gut, denn Sofia glaubte nicht daran, dass Giannis sein wirklicher Name war.

Sie kamen an der Treppe an. »Noch was. Ihnen wurden die Kehlen durchgeschnitten. Der Doc sagt anhand der Fotos, dass es mutmaßlich das gleiche Messer war.« Antonio folgte ihr die Stufen hinab. »Ich meine Doktor Adrian Fischer.«

Sofia warf einen Blick zurück über ihre Schulter. »Dachte ich mir.«

Wenn Giannis tot war, ermordet von der Person, die auch Christine Müller, den Skipper und den Kapitän des Frachters getötet hatte, hatte der Täter gezielt jemanden gehen lassen. Und das waren einerseits Costas und andererseits Thomas Richter. Gut, Thomas hatte niemanden erkennen können, aber Costas durchaus. Es sei denn, der Fahrer des Honigwagens war vermummt gefahren, was aber jedem hätte auffallen müssen. Vielleicht war Costas von Giannis abgelenkt worden? Dennoch hätte doch die Gefahr bestanden, dass Costas etwas gesehen hatte. Die Frage, die sich also stellte, war, warum mussten manche Menschen sterben und andere wurden am Leben gelassen? Irgendwie hatte Sofia auch hierzu eine Ahnung, einen Instinkt, aber sie verließ sich nie, niemals, auf ihren Bauch. Jede Kleinigkeit in ihrem Leben hatte sie aufgrund von Fakten und logischen Zusammenhängen entschieden oder aufgeklärt. Wenn einer ihrer Kollegen mit Bauchgefühlen ankam, hatte Sofia sich zwar angehört, was sie zu sagen hatten, aber letzten Endes hatten diese Gefühle nichts damit zu gehabt, dass ein Täter gestoppt und Opfer gerettet werden konnten.

# 30

## EINIGE TAGE ZUVOR

Die Nacht kühlt die warme Luft nur minimal herunter, aber durch meine Aufenthalte in den heißen Gegenden der Erde bin ich die Hitze und die Luftfeuchtigkeit gewohnt. Wie er und die Männer, die ihn umringen. Er hat mir gegenüber einen entscheidenden Vorteil, denn er ist hier aufgewachsen, aber letzten Endes wird ihm das nichts bringen. Im Gegensatz zu seinen Männern, die ihn begleiten, trägt er keinen Kaftan. In seiner hellen Leinenhose mit dem weißen Hemd wirkt er fast wie der Kopf eines Kartells aus Mexiko oder Kolumbien.

In der alten Fabrik am Hafen riecht es nach Öl und Benzin. Licht spendet nur eine flackernde Neonröhre.

Der Mann kommt auf mich zu, doch noch bevor er mir die Hand schütteln kann, zischen Kugeln durch die Halle, und drei seiner Männer liegen tot am Boden. Die anderen zwei ducken sich, zielen und schießen in alle Richtungen, doch einen Moment später, werden auch sie getroffen. Ich bleibe stehen, beobachte den Mann, der mich eben noch begrüßen wollte, dabei wie er plötzlich im Blut steht und verwirrt auf den Boden starrt. Bevor er seine Knarre ziehen kann, entdecke ich hinter ihm einen dunklen Schatten, der sich so flink bewegt, dass man ihn kaum sehen kann. Er hebt den Arm, legt ihn um den Oberkörper des Mannes, der nach Luft schnappt.

Dann gehe ich auf ihn zu, bis ich seinen Schweiß riechen kann. »Ich brauche Informationen.«

»Die bekommst du nicht.« Der Mann keucht, Schweißperlen laufen ihm über die Stirn.

Ich nicke dem Schatten zu, der ein Messer an die Kehle des Mannes drückt.

»Ich würde sagen, schon.« Ich lächele leicht. »Du willst doch nicht, dass wir deine Frau und Kinder besuchen, wenn du tot bist, oder?« Der Mann reißt die Augen auf.

»Glaube mir, wir werden sie nicht verschonen.« Ich trete einen Schritt vor. Der Geruch nach Schweiß weht schärfer um meine Nase. Der Schatten drückt das Messer nun stärker gegen den Hals des Mannes, sodass etwas Blut aus der Wunde auf das weiße Hemd tropft.

»Was willst du wissen?« Er schluckt.

»Wo ich deine Auftraggeber finde.«

Der Mann schließt die Augen, presst seine Lippen

zusammen und denkt nach. Als er sie wieder öffnet, erkenne ich in seinem Blick die Hoffnungslosigkeit.

»Dann werden sie meine Familie töten.«

Ich lache und verschränke die Arme. »Nicht, wenn ich sie vorher erwische.«

»Egal.« Er schüttelt leicht mit dem Kopf, ohne an das Messer an seiner Kehle zu denken. »Sie haben Helfer.«

»Dann werde ich deine Familie in Sicherheit bringen.«

»Bitte ... Ich kann dir nichts sagen.« Tränen schwimmen in seinen Augen.

»Du kannst und du wirst.«

Und er redet. Natürlich redet er. Wäre nur sein Leben bedroht, wäre es ihm egal, aber seine Familie ist ihm heilig. Sie ist unschuldig, ahnt nicht, womit er Geld verdient.

Ich nicke dem Schatten zu, und er zieht das Messer von links nach rechts. Dann lässt er ihn los, und wir beide schauen zu, wie er zu seinen Männern auf den Boden sinkt.

# 31

Aufgrund der Phantomzeichnungen der Lockvögel aus den vergangenen Entführungsfällen hatten sie zumindest zwei Personen ausfindig machen können. Leider führte sie auch diese Spur nicht weiter, denn weder der Mann noch die Frau noch deren Kinder waren seitdem gesehen worden. Die Ehepartner der beiden waren kurz danach ebenso spurlos verschwunden.

Maria wurde darauf angesetzt, weitere ähnliche Fälle in den Datenbanken ausfindig zu machen, bislang verlief die Suche allerdings erfolglos. Erst bei Timo Grüter hatte sich die Vorgehensweise, was die Lockvögel betraf, geändert. Zumindest gingen sie davon aus, denn von den Personen, die Nico und Tyler entführt hatten, fehlte weiterhin jede Spur. Christine Müller war zwar getötet worden, aber ihr Sohn war nach Hause zurückgekehrt. Auch Thomas Richter und seinem Kind waren die Freiheit geschenkt worden. Diese Unstimmigkeiten. Die Rettung der drei Kinder, der eindeutige Hinweis darauf, um was es ging, die Leichen, die Skatkarten, all das, ließ Sofia vermuten, dass vor einem Jahr etwas passiert sein musste, was jemanden dazu veranlasst hatte, die Spielregeln zu ändern.

Am Ende des Tages saß Sofia mit ihrem Team, ohne Antonio, der telefonierte, an einem viel zu großen Besprechungstisch und ging diese offenen Fragen mit dem Rest durch. Sie endete damit, dass sie daran zweifelte, dass die Kobra in den Fall verwickelt war.

»Du glaubst also nicht, dass die Kobra etwas mit der Sache zu tun hat?«, fragte Laura schließlich.

Sofia seufzte und hob die Hände. »Es passt einfach nicht zu ihm. Er hätte gefasst werden können. Warum sollte er das riskieren?«

»Weil er alles viel zu genau geplant hat.« Maria zuckte mit den Schultern. »Überlegt doch mal. Das komplette Vorgehen war minutiös organisiert und durchgeführt worden. Es ist, als würde er Schach spielen und ahnt voraus, was unsere nächsten Schritte sind. Er wollte, dass jemand auf ihn angesetzt wird, der seine Signatur kennt. Warum auch immer.«

»Dazu hätte ein anonymer Anruf, eine E-Mail oder die Festplatte, die wir gefunden haben, gereicht, richtig?« Sofia schüttelte den Kopf und seufzte. »Und dann ist die Frage, warum er nicht einfach alle freigelassen hat. Warum noch ein Kind entführen, warum zwei Lockvögel organisieren? Warum der ganze Aufwand? Wozu die Karten?«

Maria lehnte sich seufzend zurück und zuckte schließlich mit den Schultern. Sie wirkte für einen Augenblick, als wollte sie noch etwas sagen, entschied sich aber letztlich doch dagegen.

»Fahil Hadads Familie ist auch verschwunden«, sagte Antonio, der jetzt erst zu ihnen stieß und sich breitbeinig auf einen Stuhl hockte.

»Seit wann?« Sofia setzte sich auf.

»Seit auch Fahil selbst nicht mehr gesehen wurde. Also seit fünf Tagen.«

»Wie groß ist die Familie?«, fragte Laura.

»Drei Kinder, eine Ehefrau und die Mutter von Fahil.«

»Gab es Anzeichen einer überstürzten Abreise? Spuren von gewaltsamem Eindringen ins Haus?« Sofias Hoffnung lag noch immer auf Fahil Hadad. Möglicherweise steckte er hinter all dem, vielleicht hatte die Ehefrau etwas rausgefunden und zwang ihn, auszusteigen. Warum hatte er aber dann ein Jahr lang weitergemacht? Wozu die Hinweise in dem Bergdorf, die toten Menschen? Und hinzu kam noch, dass sie keine einzige Spur zu den Auftraggebern, den Käufern, hatten. Wenn die also wollten, könnten sie einfach so weitermachen. Warum hatte er keine Hinweise zu ihnen hinterlassen?

Antonio unterbrach ihre Gedanken. »Das Haus ist abgebrannt. Man hat fünf Leichen gefunden, die noch nicht identifiziert wurden.«

»Hat Fahil seine Familie getötet?«

»Ich schaue mal, ob ich was rausfinden kann«, sagte Dex, stand auf und ging in seine Ecke, wo der Schreibtisch komplett mit Bildschirmen und leeren Dosen vollgestellt war. »Hast du 'ne Adresse?«, rief er hinter seiner Mauer aus Computerzubehör hervor.

Antonio folgte Dex, und bald darauf hörte sie das Klappern einer Tastatur.

Sie mussten Fahil finden. Er war ein wichtiges Puzzleteil, das noch immer für das Gesamtbild fehlte. Und mit ihm seine Verbündeten, denn mindestens zwei weitere Personen waren in die Sache involviert, und Sofia ging nicht davon aus, dass es sich um Giannis und den Skipper handelte.

Sie hatten zwar drei Kinder gerettet, wichtige Hinweise zum Motiv erhalten, aber die wahren Drahtzieher waren noch immer da draußen. Und sie waren ihnen nicht einen Schritt nähergekommen.

Sofia beobachtete Laura und Maria, die in Gedanken versunken in die Akten vor sich blickten, und in dem Moment entschied sie sich dafür, dass sie gemeinsam über ihre Theorien diskutieren sollten. Sie sah den beiden Frauen geradezu an, dass sie darüber nachdachten, welche Rolle die Kobra spielen könnte. Bei Antonio und Dex war sie sich nicht sicher, denn Antonio hatte bislang eher den Eindruck gemacht, er wollte einfach vorpreschen und irgendjemanden zur Verantwortung ziehen. Wer das war, schien ihm völlig gleichgültig zu sein. Dex betrachtete den Fall aus einer anderen Perspektive. Wie er ihn mittels Bits und Bytes lösen könnte.

Sofia stand auf, ging zur Wand mit den Bildschirmen und zog ein mobiles Whiteboard aus Glas hinter sich her. Stifte lagen bereits auf der Ablage unterhalb des Boards. Sie griff nach einem schwarzen Boardmarker, nahm die Kappe ab und drehte sich zu den beiden Frauen um.

»Wir sollten noch einmal die Fakten durchgehen und gemeinsam herausfinden, ob wir es mit der Kobra zu tun haben.«

»Haben wir ja schon.« Maria lehnte sich zurück und zog die Augenbrauen zusammen.

Laura saß wie immer so gerade auf ihrem Stuhl, dass Sofia allein vom Hinsehen Schmerzen im unteren Rücken bekam.

»Ich begrüße das sehr«, sagte sie.

Maria rutschte in ihrem Stuhl hin und her.

»Es gibt hierbei keine falschen Thesen, Maria.« Sofia konnte gut nachvollziehen, warum niemand offen über seine Theorien sprach, sie war es selbst nicht gewohnt, ihre Mitarbeiter so stark einzubinden. Aber sie glaubte inzwischen, dass ihre Leute nicht die hundert Prozent gaben, die sie sollten, weil sie zu viel und nur für sich darüber nachdachten.

»Ich nehme mal an, niemand ist bei seinen Überlegungen weitergekommen, vielleicht schaffen wir es gemeinsam.« Sie drehte sich zum Board und schrieb ganz oben das Wort Kobra hin, zeichnete einen Kasten darum und eine Linie nach links, wo sie beginnen wollte. Neben die notierte sie ein Jahr, darunter die Namen der beiden entführten Jungen mit den Daten, wann und wo sie verschleppt worden waren.

Laura meldete sich hinter ihr. »Zeichne bitte eine weitere Linie, wo wir eintragen, wann die Entführungen starteten. Ich will diese Informationen ergänzen, bei welchen Verbrechen die Kobra zu den Zeiten mutmaßlich beteiligt war.«

»Sehr gute Idee.« Sofia wusste zwar bereits, dass die Kobra erst vor einem Jahr untergetaucht zu sein schien, aber diese Details schriftlich zu fixieren, war hervorragend, um sich einen besseren Überblick zu verschaffen. Sofia notierte mit Lauras Hilfe die Daten neben der zweiten Linie. Als sie fertig war, erkannten sie, dass die Kobra seit mindestens eineinhalb Jahren abgetaucht sein musste.

Maria räusperte sich. »Wie ich gesagt habe. Wir jagen die Kobra.«

»Entweder das oder die Kobra ist tot«, sagte Laura pragmatisch.

Sofia hob eine Hand. »Oder jemand ahmt sie

beziehungsweise ihn nach.« Sie zeichnete eine neue Linie nach unten und notierte die drei Ideen, die sie einkreiste und mit jeweils weiteren Linien versah. Dann drehte sie sich um und blickte Maria auffordernd an. »Was, denkst du, ist das Ziel der Kobra? Dass sie sich auffallend viel Mühe gegeben hat, dürfte mittlerweile allen klar sein. Wenn sie wirklich dahintersteckt.«

Maria straffte ihre Schultern. »Also schön. Alles, was wir zu dem Fall bislang vorliegen haben, bringt mich nur zu einem Ergebnis.« Sie atmete tief durch. »Die Kobra hilft uns«, sagte sie schnell, als wollte sie diesen Satz endlich aussprechen.

Sofia war im Begriff, etwas zu erwidern, aber Maria beugte sich vor und hob die Hand. »Nein, nein. Bitte, lass mich ausreden. Die Kobra muss irgendwie von der Sache erfahren haben und hat sich irgendwie eingeklinkt. Dann hat sie alle Beteiligten ermordet und zwei Kinder, die bereits tot waren, an einen sicheren Ort gebracht.«

Sofia war kurz davor, den Kopf zu schütteln, zwang sich aber, es nicht zu tun, sondern nickte Maria stattdessen auffordernd zu, weiterzusprechen.

»Irgendwie hat die Kobra nicht gewusst, wer die Auftraggeber waren, also musste sie warten, bis sich jemand von ihnen meldete. Bis dahin hat sie die Operation weitergeführt und uns mit den Karten auf sie hingewiesen.«

»Ganz schön viele Irgendwies«, sagte Laura trocken.

Maria beachtete sie nicht. »Irgend ... sie muss schließlich doch einen Kontakt hergestellt haben, weil sie ja alles genauso weiterführte, wie die Beteiligten zuvor. Vielleicht war es Fahil Hadad.« Sie zuckte mit den Schultern. »Somit konnte er alles beenden, uns das Brettspiel und die Kinder überlassen und hat sich um Hadad gekümmert.«

Sofia wartete einen Moment, und als von Maria nichts mehr kam, sagte sie: »Du weißt schon, dass die Kobra ein Verbrecher ist und auf sämtlichen Fahndungslisten ganz weit oben steht? Und jetzt soll sie plötzlich auf der Seite der Gerechtigkeit stehen und diesen ganzen Aufwand nur aus reiner Nächstenliebe betrieben haben?«

Maria zuckte mit den Schultern. »Ja, ich weiß, es klingt sonderbar, aber es ist das, worüber ich nachdenke, seit wir aus dem Bergdorf zurück sind.«

Sofia seufzte und fasste Marias Theorien in knappen Sätzen auf der Tafel zusammen. Dabei schielte sie rüber zu Dex und Antonio, die aber beide in ihre Arbeit vertieft waren.

»Wie gesagt, es gibt keine falschen Thesen. Deshalb sollten wir gemeinsam diskutieren, was dafür und was dagegen spricht.« Inzwischen war es Sofia fast schon egal, ob die Kobra, Hadad oder der Nikolaus in den Fall verwickelt waren.

»Dann bin ich wohl dran.« Laura legte beide Hände auf den Tisch, blickte runter und dachte einen Moment nach. Als sie nach einer Weile aufschaute, fing sie an zu reden. »So weit hergeholt finde ich Marias Überlegungen nicht.« Sie lächelte Maria an und wandte ihren Blick wieder Sofia zu. »Die Fakten sprechen aber dagegen. Der wichtigste Einwand ist meiner Meinung nach der, dass er uns, wenn er denn helfen möchte, nicht die Verantwortlichen auf dem Silbertablett serviert hat. Die ganze Sache mit der Kobra ergibt nur Sinn, wenn wir diese Leute endgültig aufhalten, um weitere Kinder zu schützen. Wäre er also der Kopf dieser Operation, ist dieses Spiel doch ziemlich sinnlos, wenn er uns nicht dabei unterstützt, die wahren Täter zu fassen. Und dann wäre das alles nur ein perfides Katz-und-Maus-Spiel.« Sofia nickte, denn sie sah es wie Laura. Sie wollte sich umdrehen, um die Punkte neben Marias Ausführungen zu notieren, aber Laura hielt sie mit einer Handbewegung auf. »Ich hatte ja gesagt, dass ich die Überlegungen gar nicht so weit hergeholt finde. Denn, was wäre, wenn er die Verantwortlichen noch immer jagt. Gehen wir mal davon aus, dass nur Fahil Hadad Kontakt mit ihnen hatte und er der Mittelsmann zwischen den Entführern und dem Käufer war. Ich sage bewusst war, weil ich glaube, dass Hadad getötet wurde, nachdem er die Informationen preisgegeben hat.«

Sofia drehte die Kappe des Stiftes in ihrer Hand

hin und her und wollte den Aussagen eine Chance geben, aber es fiel ihr schwer, sich die Kobra als Retter in der Not vorzustellen. Es mochte sein, dass sie Prinzipien hatte, die für sie nie infrage kämen, und da zählten auch Verbrechen an Kindern dazu, aber sie hätte diesen Aufwand nicht betreiben müssen. Dennoch notierte sie Lauras Punkte.

»Meine Meinung kennt ihr bereits. Ich fasse sie trotzdem noch einmal zusammen. Fahil Hadad hat alles inszeniert, weil er diese Aktion nicht mit seinem Gewissen vereinbaren konnte, weil vielleicht seine Familie etwas rausgefunden hat und ihn unter Druck setzte, da gäbe es viele Möglichkeiten. Er hatte die Idee, die Signatur der Kobra zu nutzen, weil er daran glaubte, dass sich dann endlich jemand um den Fall kümmern würde. Hadad hat Unterstützung gehabt, alle Beteiligten getötet und mit der Festplatte in dem Bergdorf verscharrt. Er ließ den Kapitän des Frachters töten, der Täter hat das Spielbrett hinterlassen und kurz davor hat er sich mit seiner Familie in Sicherheit gebracht, damit ihn die wahren Verantwortlichen nicht finden.« Sofia zuckte mit den Schultern. »Aus Angst, dass sie ihn aufspüren könnten, hat er ihre Namen nicht preisgegeben, sondern ist einfach untergetaucht, in der Hoffnung, sie würden Gnade walten lassen, weil er sie nicht verraten hat. Und deshalb müssen wir ihn finden.«

»Aus dem Grund hat er den Frachter gewählt. Das

ist die klare Verbindung zu ihm«, sagte Laura und nickte langsam.

»Stimmt«, räumte nun auch Maria ein.

Sofia spürte ein wohliges, warmes Gefühl im Bauch, das ihr signalisierte, dass jetzt alles stimmig war und ihr Team die absurde Idee von der Beteiligung der Kobra fallenließ. Sie notierte ihre Gedanken auf dem Board und rief: »Antonio, Dex? Wie weit seid ihr?«

»Moment«, kam es von Antonio zurück.

Es bestünde natürlich noch die Möglichkeit, dass Hadad nicht ihr Wohltäter war, dass er, wie Laura angemerkt hatte, tot war. Daran wollte Sofia aber im Moment nicht denken. Eins nach dem anderen.

# 32

## EINIGE TAGE ZUVOR

Ich halte immer meine Versprechen. Gerade wenn es um Zusagen geht, die ich einem Menschen gebe, der durch meine Hand sterben wird. Seine Familie hatte nichts mit der ganzen Sache zu tun, und es lag an mir, sie vor dem Schlimmsten zu bewahren.

Ich teilte meine Leute auf, da ich mich schnellstmöglich auf den Weg machen musste, um die Operation zu Ende zu bringen. Während sie die Familie in Sicherheit bringen wird, muss er die Leichen entsorgen, und er geht dabei genau nach meinen Anweisungen vor.

Vielleicht habe ich die beiden aus purem Eigennutz gerettet, weil ich Partner an meiner Seite brauchte, die loyal, integer, absolut verlässlich sind, vielleicht aber auch, weil sie es verdienen, dass irgendjemand auf der Welt sich für ihre Geschichte interessiert.

. . .

Elena, einst eine vielversprechende Studentin der Informatik, geriet in eine unglückliche Spirale von Ereignissen, die sie auf die Straße brachten. Sie stammte aus einer dysfunktionalen Familie und floh von zu Hause, als sie noch sehr jung war, um sich einem schmerzlichen Umfeld zu entziehen. Ohne Unterstützung und ohne Geld landete sie auf der Straße und musste sich schnell an das harte Leben in der Obdachlosigkeit anpassen.

Elena ist klug und wissbegierig. Sie findet in Büchern und im Selbststudium Trost und Bildung. Dabei entwickelte sie bemerkenswerte Kenntnisse im Umgang mit Computern und dem Hacken von Handys, um auf der Straße zu überleben. Ihre Fähigkeiten zogen schon bald die Aufmerksamkeit eines gefährlichen Menschenhändlerrings auf sich.

Eines Tages sah Elena etwas, was sie nicht hätte sehen sollen – sie stolperte über Hinweise auf die illegalen Aktivitäten der Organisation. Bevor sie Beweise sammeln oder die Behörden informieren konnte, wurde sie gefangen genommen. Sie wurde eingesperrt und gezwungen, ihre Fähigkeiten für kriminelle Zwecke einzusetzen.

Elena war nicht der Grund, weshalb ich mich in den Menschenhandel eingeklinkt habe. Aber ich habe sie aus deren Fängen befreit, und seitdem arbeitet sie für mich, obwohl sie hätte gehen können, wohin sie wollte.

Kai stammt ursprünglich aus Vietnam. Er wuchs in ärmlichen Verhältnissen auf und hatte eine problematische Kindheit. Nach dem Tod seiner Eltern war er obdachlos und hatte Schwierigkeiten, in seiner Heimatstadt zu überleben, also flüchtete er nach Europa. Als Jugendlicher geriet er auf die schiefe Bahn und schloss sich einer Gruppe von Taschendieben an, die Touristen in Italien ausraubten.

Eines Tages beobachtete ich Kai bei einem Diebstahl auf einem belebten Platz in Florenz. Als ich sah, wie Kai von den Männern der Gruppe Sinti verprügelt wurde, entschied ich mich, einzugreifen. In einem gewagten und tödlichen Einsatz rettete ich Kai und schoss auf die Männer, die ihn verfolgten.

Ich war tief beeindruckt von Kais Fingerfertigkeiten und seiner Fähigkeit, sich in verschiedene Rollen zu versetzen. Ich bot ihm eine Chance auf ein neues Leben an meiner Seite.

Im Laufe der Jahre haben sich Elena und Kai perfekt ergänzt, sind zu meinen verlängerten Armen geworden und benötigen nicht viel Worte, um sich untereinander und mit mir zu verständigen. Sie gehören zu meinem inneren Kreis, wie eine Familie, und ich werde sie beschützen.

Nicht alles, was ich tue und mir im Laufe der letzten Jahre aufgebaut habe, ist rechtens. Manches ist sogar verwerflich, unmoralisch, so unethisch, dass ich auf die Fahndungsliste gerutscht bin. Die Kombination aus den Verbrechen, internationalen Verbindungen und meiner Fähigkeit, Geld auf globaler Ebene zu verteilen, macht mich zu einer ernsthaften Bedrohung für die europäische Sicherheit und rechtfertigt die Jagd durch diverse Sicherheitsbehörden nach mir. Da ich aber gelernt habe, jede Situation vorherzusehen, indem ich mir unterschiedliche Ausgänge einer solchen vorstelle, werden alle, die nach mir suchen, nur das bekommen, was sie wirklich sollen.

Der Jet landet sanft, so wie ich es gewohnt bin, und während er über das Rollfeld fährt, beobachte ich die Lichter, die an uns vorbeiziehen. Ich entspanne mich, lasse mich durch die Motorengeräusche und das Ruckeln in eine Art Trance fallen, um meinen Körper, jede Zelle mit der Energie aufzufüllen, die ich in den nächsten Tagen benötige.

Dass ich gewinnen werde, daran gibt es keinen Zweifel, denn meine Gegner haben nicht die geringste Ahnung, dass ich ihnen auf den Fersen bin. Ganz dicht.

# 33

Dex hatte zahlreiche Satelliten angezapft, um brauchbare Fotos jener Nacht zu finden, die sie zu Hadad führen würden. Für die besten Aufnahmen war er über eine Firma gegangen, die darauf spezialisiert war, Überwachung für Behörden, Polizei und Regierungsangelegenheiten anzubieten. Die zu hacken, hatte ihn eine ganze Weile beschäftigt gehalten.

Währenddessen schaute sich Sofia mit ihrem Team die offiziellen Bilder an, auf denen fast nichts zu erkennen war. Das Feuer war in der Nacht ausgebrochen. Das Haus hatte inmitten eines dicht bewaldeten Gebiets gestanden, und durch die Büsche und hohen Gräser war nichts zu sehen.

Die Aufnahmen, die Dex ihnen vorlegte, nachdem er die Überwachungsfirma gehackt hatte, waren zwar besser, sie konnten in den Gräsern Bewegungen erkennen, aber leider war es das auch schon. Das Fahrzeug, mit dem die Familie geflohen sein musste, war in keinem der umliegenden Gebiete zu entdecken, die Dex großflächig durchsucht hatte.

Es war spät geworden, als Sofia den Arbeitstag beendet hatte und zum Hotel fuhr, wo sie noch immer ein Zimmer belegte, statt sich um ein Appartement zu kümmern. Eine Maklerin, die für neue Europolmitarbeiter Wohnungen suchte und Besichtigungstermine vereinbarte, hatte sie die letzten Tage abgewimmelt. Sie würde sich melden, sobald sie Zeit hätte. Zoe Zimmermann, so hieß die Dame, zeigte Verständnis. Ehrlich gesagt war Sofia froh, dass ihr Bett jeden Tag gemacht wurde und immer frische Handtücher bereitlagen. Wenn sie Hunger hatte, ließ sie sich etwas aufs Zimmer bringen. Das Frühstück bestand bei ihr nur aus einem Kaffee, den sie in einer Bäckerei in der Nähe kaufte. Ihre Koffer waren nicht ausgepackt, nur die Kostüme hingen im Schrank. Die hoteleigene Wäscherei reinigte ihre schmutzige Wäsche aus Griechenland und hatte sie am nächsten Abend auf ihr Zimmer gebracht. Sofia war momentan froh darüber, sich nicht um Haushalt, Wäsche waschen oder das Einrichten einer Wohnung kümmern zu müssen. Wobei die Appartements wohl bereits eingerichtet waren.

Nachdem sie geduscht, sich ihr Longshirt übergezogen und mit dem Laptop auf dem Schoß aufs Bett gesetzt hatte, überfiel sie schließlich doch eine bleierne Müdigkeit, die sie überraschte, denn üblicherweise benötigte sie mehrere Stunden, um überhaupt an Schlaf zu denken. Vermutlich reagierte ihr Körper aber auch jetzt erst auf die Strapazen der letzten Tage. Sofia legte das Notebook auf den Boden, deckte sich zu, schaltete das Licht aus, drehte sich zur Seite, in der Gewissheit, dass sie nicht einschlafen könnte und das Programm rückwärts erneut abspielen müsste.

Am nächsten Morgen stellte Sofia allerdings fest, dass sie sofort eingeschlafen war und nicht, wie sonst, vor dem Klingeln des Weckers auf ihrem Handy aufgewacht war, sondern als der schon eine halbe Minute Alarm schlug. Sie schaltete ihn aus und prüfte ihre Nachrichten, aber es war in der Nacht nichts passiert, was sie weiterbringen würde.

Keine vierzig Minuten später traf Sofia im Büro ein, stellte den Kaffeebecher aus der Bäckerei auf ihren Tisch und verteilte gedanklich bereits die Aufgaben an ihr Team, um Hadad ausfindig zu machen. Er gehörte zu ihrer *Person of Interest*, denn sie war sich sicher, dass sie das Puzzle mit ihm, Hadad, lösen konnten.

Was sie allerdings in den folgenden Stunden ihres so vielversprechenden Tagesbeginns erfuhr, holte sie so hart auf den Boden der Tatsachen zurück, dass Sofia zum ersten Mal in ihrem Leben komplett ratlos war. Und eine solche Situation passte ihr gar nicht, denn sie hatte stets alles unter Kontrolle, aber im Laufe des Tages entglitt sie ihr mehr und mehr.

## 34

### EINIGE TAGE SPÄTER

ICH BIN NIEMAND, der planlos irgendwo hineinstürmt und blind um sich schießt, in der Hoffnung, der Richtige oder die Richtigen würden getroffen, und anschließend nach einer wilden Verfolgungsjagd für immer von der Bildfläche verschwindet. Als junger Mann hätte ich diese Vorgehensweise sicherlich bevorzugt, aber dann wäre ich niemals in der jetzigen Position, weil ich längst tot wäre. Und ich gebe zu, für eine solche Operation sind drei Personen zu wenig. Dadurch, dass ich ihnen vertraue, wird und muss es ausreichen. Viele Köche verderben den Brei, sagt man doch so schön.

Wir haben das Überraschungsmoment auf unserer Seite, sind perfekt ausgerüstet und vorbereitet, haben diesen Zugriff von allen Seiten beleuchtet, jede Eventualität betrachtet, wissen, wie unser Spielfeld aussieht, kennen jeden Winkel und jeden Wachposten, den wir ausschalten müssen. Es gibt nur diese eine Möglichkeit, diesen Abend, diese Chance. Wenn wir sie verpatzen, war alles umsonst, und wir werden sterben. Aber dieser Gedanke existiert nicht. Wenn wir ihn denken, würde er sich bewahrheiten, und das darf keiner von uns riskieren.

»Bereit?« Ich sehe sie an und blicke in entschlossene Gesichter.

»So was von.«

»Jepp.«

Und dann geht es los. Das Finale.

## 35

Fahil Hadad war tot. Mit aufgeschlitzter Kehle in einer Bucht in der Nähe des Hafens von Beirut angespült. Ein Angler hatte ihn in den frühen Morgenstunden entdeckt.

Die Forensiker aus dem Eurocrime-Team waren bereits auf dem Weg in den Libanon, würden allerdings warten müssen, bis sie die Leiche untersuchen dürften, denn die bürokratischen Mühlen mahlten langsam, wenn es sich um ein nicht EU-Land handelte. Ohnehin wollte Sofia nur den Todeszeitpunkt wissen, aber selbst der würde ihr nicht nennenswert weiterhelfen. Ihr einziger Verdächtiger war tot, gestorben durch eine Klinge, die vermutlich die Gleiche war, die auch bei den anderen Toten benutzt worden war. Viel Zeit blieb Sofia nicht, um diese Nachricht zu verdauen, darum suchte sie mit ihrem Team nach Hinweisen, die er hinterlassen haben könnte. Sie mussten der Spur des

Geldes folgen, und das war leichter als gesagt, da er das meiste seines Vermögens in eine Krypto-Währung gesteckt hatte, also setzte sie Dex daran.

Der Rest des Teams verteilte sich auf seine Geschäftsadresse, Kollegen, Freunde, wo er sich aufgehalten hatte, damit sie etwas finden konnten, das sie zu seinen Auftraggebern führte.

Doch telefonieren brachte sie nicht weiter, Adrian Fischer und Max waren die Hände gebunden, sodass Sofia gegen Nachmittag entschied, direkt vor Ort zu ermitteln. Sie nahm Maria und Antonio mit, und als der Jet abhob, bekam sie die Nachricht, dass es sich bei den Leichen in dem abgebrannten Haus nicht um Fahils Familie handelte, sondern um fünf Männer, deren Identität noch unklar sei. Van der Berg stand mit den Behörden in Kontakt, mit der Bitte um Kooperation mit seinen Agenten. Bislang waren seine Bemühungen allerdings erfolglos geblieben. So etwas wollte niemand abgeben, es war schon schwer genug, wenn man als übergestellte Behörde einen Fall übernahm, aber hier lagen die Karten anders. Sie waren von Europol. Und der Libanon gehörte nicht zur EU. Also wurde alles doppelt schwer.

Sofia setzte auf Maria, die schweigend an ihrem Laptop saß. Hoffentlich, um einen Weg zu finden, der es ihnen ermöglichte, Unterstützung zu erhalten.

»Wir sollten einfach getarnt an die Informationen kommen«, sagte Antonio.

Sofia zuckte mit den Schultern und sah auf ihre Uhr. »Ja, wenn die sich querstellen, können wir das gerne tun.«

Antonio lehnte sich zurück und grinste. »Ich liebe diesen Job.«

Sofia verschwieg ihm, dass diese Möglichkeit gar nicht so einfach war, und sie hoffte, dass sie ganz offiziell handeln durften. Da sie unbedingt zwingend weiterkommen mussten, schloss sie es auch nicht komplett aus und wusste, dass sie in Antonio genau den richtigen Verbündeten an ihrer Seite hatte. Aber sie vermutete, dass ihnen nicht nur auf behördlicher Ebene Steine in den Weg gelegt wurden. Viel schlimmer wäre die Tatsache, wenn sie am Ende überhaupt nichts fänden, was sie weiterbrächte. Würden sie in einer Sackgasse landen, sobald sie sich den schwierigen Weg durch das Labyrinth erkämpft hätten?

Als der Jet zur Landung ansetzte, entschied Sofia zweigleisig zu fahren. Denn noch bevor sie überhaupt in diesem Land ankamen, wurden sie bereits von behördlichen Problemen überrollt. Es wurde lediglich eine vorübergehende Landegenehmigung erteilt, die den Piloten dazu zwang, den Jet in einem gesonderten Quarantänebereich zu parken, wo sie gezwungen waren, auf weitere Informationen zu warten. Der Bereich wurde durch das Militär bewacht, sodass sie den Jet nicht verlassen konnten. Selbst Maria wurde abgeblockt.

»Kannst du hier raus?«, fragte Sofia Antonio, während sie hinausschaute.

»Ich bin nicht unsichtbar.« Er blickte aus jedem Fenster, ging sogar ins Cockpit und kam kopfschüttelnd zurück.

»Wenn wir sie ablenken?«

Antonio stand im Mittelgang. »Ich könnte über den Frachtraum nach draußen kommen.«

Sofia nickte, zog ihr Handy aus der Tasche, tippte auf den Namen, den sie unter Favoriten gespeichert hatte und hielt es sich ans Ohr. Dex nahm das Gespräch sofort an.

»Ich brauche einen Lageplan vom …« Sie hob den Kopf und sah Antonio an. »Frag den Piloten nach unseren genauen Standortdaten.« Er eilte zurück zum Cockpit.

»… Flughafen in Beirut. Antonio besorgt mir die aktuellen Standortdaten. Ich schick sie dir anschließend rüber. Ruf Fischer an und organisiere einen Fluchtplan. Er ist hier vor Ort unser einziger Verbündeter.« Sofia trennte die Verbindung und legte das Handy auf ihren Schoß. Dann blickte sie Maria an. »Deine Schauspielkunst ist gefragt.«

Maria überlegte einen Moment, nickte schließlich und grinste sie an. »Ich brauche dich.« Und dann weihte sie Sofia ein.

. . .

Es dauerte nur zwanzig Minuten, und Antonio war unbemerkt in den nächstgelegenen Hangar gerannt und von dort an auf sich allein gestellt.

Maria war aus dem Jet gestiegen, und Sofia eilte ihr nach.

»Ich habe keine Lust mehr«, hatte Maria gebrüllt und versuchte, einen Mann vom Militär zur Seite zu schieben. Der ließ sich aber nicht beirren, sondern schob sie zurück in Richtung Jet. Die anderen Beamten beobachteten das Schauspiel belustigt, bewegten sich aber nicht von der Stelle.

Maria versuchte, an einem weiteren vorbeizukommen, und als sie merkte, dass sie keine Chance hatte, war sie aufstampfend stehen geblieben und hatte Sofia mit vorgerecktem Kinn angestarrt. »Siehst du, die lassen mich nicht durch. Deinetwegen. Weil du immer deinen Kopf durchsetzen musst.«

»Vielleicht wartest du, bis wir den Jet verlassen dürfen …« Sofia war von den Stufen getreten und verschränkte die Arme.

Maria kam auf sie zu und rempelte sie an. »Weißt du, du gehst mir echt auf die Eier. Ich hab keinen Bock mehr auf die Scheiße hier.« Sie schubste Sofia nun heftiger, sodass diese stolperte und zu Boden fiel.

»Das wird richtig Ärger geben«, sagte Sofia leise und stand wieder auf. Doch Maria hob die Faust und ließ sie auf Sofias Gesicht krachen. Die stolperte ein paar Schritte zurück und fasste an ihre Lippe, die blutete. Mit geballten Händen ging sie auf Maria zu und wurde schließlich von einem der Militärs festgehalten. Ein anderer hielt Maria von hinten fest. Die anderen standen um sie herum. Manch einer konnte sich ein Grinsen nicht verkneifen.

»Gehen Sie zurück«, sagte der Mann, der Sofia festhielt, in gebrochenem Englisch. Alle waren jetzt auf die beiden streitenden Frauen konzentriert.

»Was fällt Ihnen ein? Lassen Sie mich sofort los.« Sofia kreischte in hohem Ton und versuchte sich, aus seinem Griff zu befreien. Wenn sie es gewollt hätte, wäre sie auch freigekommen, aber sie wollte nicht.

»Mit dieser Frau gehe ich nicht zurück ins Flugzeug.« Maria brüllte und ihr Kopf war hochrot, als sie sich aus dem Griff zu befreien versuchte.

Die Männer schoben die hysterischen Frauen zur Gangway und überhörten das Geschrei.

Sofia vergewisserte sich, dass niemand mehr auf das Heck des Jets achtete, und ließ sich die Stufen hinaufschieben. »Du wirst dein blaues Wunder erleben«, brüllte sie und rannte hinauf ins Flugzeug.

»Mir doch egal. Ich werde Beschwerde einreichen.« Maria stolperte die Stufen hinauf und verschwand im Inneren des Jets.

Sie beschimpften sich noch lauthals, während beide sich vergewisserten, dass Antonio die Flucht gelungen war. Schließlich wurden sie immer leiser und setzten sich auf ihre Plätze, ohne sich anzusehen. »Hat funktioniert«, flüsterte Maria.

»Guter Schlag.« Sofia rieb sich über die Lippe, die nicht mehr blutete.

»Omas Ring ist Gold wert.«

Die Wachmänner waren zurück an ihre Positionen gegangen und ihnen blieb nur noch zu warten, bis sie den Jet offiziell verlassen durften und die Behörden sich auf eine Zusammenarbeit einließen.

# 36

Der nächtliche Himmel wölbt sich wie eine schützende Decke über das majestätische Anwesen, während sich die Wüste in der Ferne erstreckt. Die Haupteinfahrt ist von massiven, mit orientalischen Motiven verzierten Toren flankiert, die von imposanten, goldenen Löwenstatuen bewacht werden. Ein langer, gewundener Kiesweg führt durch einen exotischen Garten mit duftenden Rosen, Palmen und springenden Fontänen.

Ich bin, wie mein Team, voll fokussiert und spüre das Adrenalin wie Feuer in meinen Adern lodern. Adrenalin, das für diese Operation überlebenswichtig ist.

Die Mauern des Anwesens sind aus blendend weißem Marmor, der im Mondlicht schimmert und eine Aura von Pracht und Unnahbarkeit ausstrahlt.

Überall um das Grundstück herum sind gut ausgebildete Sicherheitskräfte in traditionellen Gewändern positioniert, die unauffällig zwischen den Schatten der Palmen patrouillieren.

Hohe, bewehrte Mauern umgeben das Gelände und werden von modernsten Sicherheitssystemen überwacht. Diskrete Kameras, kaum sichtbar in die Architektur integriert, überwachen jeden Winkel. In regelmäßigen Abständen sind auch hier Wachposten in traditionellen Gewändern postiert, die auf stolzen arabischen Pferden sitzen, und sie schauen aufmerksam in die Ferne, bereit, jede ungewöhnliche Bewegung zu erkennen.

Die Dunkelheit und der Wüstensand bieten ideale Bedingungen für unsere Mission. Ich habe den Angriff bis ins kleinste Detail geplant.

Elena, eine Meisterin der Tarnung und der lautlosen Bewegung, rückt näher an den Eingang des Anwesens heran. In einem Augenblick, in dem die Wächter unaufmerksam sind, schleicht sie sich an die Mauer und deaktiviert die Sicherheitskameras, während Kai die Wachen auf den Pferden mit Pfeilen betäubt. Die beiden sind so schnell, dass ihre Taten nicht bemerkt werden.

Ich schleiche inzwischen auf das Dach des Haupthauses. Von dort habe ich einen klaren Blick auf die Eingangshalle, wo die Zielperson und deren Gäste versammelt sind. Mein Plan sieht vor, sie und ihre engsten Bewacher gleichzeitig auszuschalten.

Mit einer gezielten Bewegung lasse ich ein Seil mit einem Haken herab, das sich an einem Balken des Daches verfängt. Leise und geschickt lasse ich mich hinab und lande geräuschlos auf dem Boden der Halle. In meiner Hand glänzt ein Wurfmesser, das ich präzise auf die Zielperson schleudere. Sie hat keine Möglichkeit zu reagieren, und stürzt.

In diesem Moment ergreifen Elena und Kai ihre Chancen. Sie bewegen sich im Dunkeln, nutzen die Verwirrung, die mein Angriff verursacht hat, und schleichen sich an die beiden verbleibenden Überwacher heran. Mit blitzschnellen Bewegungen überwältigen sie sie, bevor diese ihre Waffen ziehen können.

Die Mission war erfolgreich. Die Zielperson und die Security sind ausgeschaltet, ohne dass ein einziger Alarm ausgelöst wurde. Wir verschwinden genauso leise und unauffällig, wie wir gekommen sind, und hinterlassen keinen Hinweis auf unsere Identität oder Absichten dort. Der Plan ist perfekt umgesetzt worden, und wir ziehen uns in die Dunkelheit der Wüste zurück, in Sicherheit vor den Konsequenzen unseres gewagten Angriffs.

Es war ein Akt des Terrors, so wird es vermutlich in den Medien dargestellt werden. Das wahre Motiv wird vor der Öffentlichkeit geheim gehalten werden.

Nur einige Auserwählte dürften in den nächsten Tagen begreifen, was hier stattgefunden hat. Dafür werde ich sorgen.

Aber alles zu seiner Zeit.

# 37

Erst spät in der Nacht meldete sich Antonio. Sie waren noch immer auf dem Flugfeld, umgeben von Sicherheitspersonal, das sie nicht ins Land einreisen ließ.

Sofia stellte den Lautsprecher ihres Handys an, damit Maria alles mitbekam.

»Ich habe mich in die Geschäftsräume von Fahil Hadad geschlichen und rein gar nichts gefunden. Jemand muss sämtliche Dokumente, Server und Computer vernichtet haben.« Er klang müde.

Sofia seufzte. »Wir sind ebenfalls noch handlungsunfähig.«

»Wer auch immer Fahil und seine Männer getötet hat, hat sämtliche Spuren vernichtet.«

»Dex hat keine nennenswerten Infos für uns. Wir haben es hier mit einem oder mehreren Tätern zu tun, die wissen, wie man Beweise verschwinden lässt.«

Plötzlich fühlte sich Sofia sehr müde, sie wollte nur noch mit ihrem Team zurückfliegen und ein paar Tage schlafen, in der Hoffnung, die Lösung würde ihr irgendwann vor ihren Augen erscheinen. Die ganze Sache hier vor Ort erschien ihr auf einmal sinnlos. Selbst wenn sie den Todeszeitpunkt vorliegen hätten, selbst wenn sie erführen, wer die toten Männer in dem Haus waren. Das alles brachte sie nicht zur Lösung des Falls. Fahil Hadad war getötet worden. Nichts führte von ihm zu den wahren Verbrechern. Vielleicht hatten seine Auftraggeber herausgefunden, was er getan hatte, und ihn eliminiert. Aber wo war dann seine Familie? Jemand hatte sie in Sicherheit gebracht. Entweder Fahil selbst oder ein dritter Beteiligter.

»Komm mit Fischer und Max zum Jet. Maria soll klären, dass sie zu uns gehören. Wir fliegen zurück nach Den Haag«, entschied sie kurz entschlossen, weil sie sich nicht von den Behörden auf der Nase rumtanzen lassen wollte und nicht mehr daran glaubte, hier vor Ort die Wahrheit zu finden. Die zu verschleiern, dafür hatte jemand gesorgt.

Erst in den frühen Morgenstunden landeten sie in Den Haag und Sofia schickte ihr Team ins Bett, damit ihre Leute wenigstens ein paar Stunden Schlaf fanden. Van der Berg hatte einen kurzen Zwischenbericht von ihr erhalten und sich nicht mehr mit Einwänden gemeldet, sodass sie die Operation guten Gewissens abbrechen konnte.

Am Vormittag trafen sie alle nach und nach im Büro ein. Sie hatten keine neuen Informationen, nicht einmal eine Ahnung, wo die Auftraggeber agierten, wer sie waren und wie es weiterging.

Dann, gegen Nachmittag, ergaben sich mögliche neue Hinweise.

Erst als Simon van der Berg die Truppe zusammenrief und am Besprechungstisch stand, während sie alle saßen. Er deutete auf die Monitore, auf denen Bilder erschienen. Und als er darüber berichtete, klingelte Sofias Handy.

»Geh in dein Büro.«

»Wer spricht da?« Sofia blieb sitzen und schnippte mit den Fingern, um die Aufmerksamkeit der anderen auf sich zu ziehen. Sie stellte das Handy auf laut und legte es vor sich auf den Tisch.

»In dein Büro.« Van der Berg nickte.

Dex eilte zu seinen Computern, vermutlich, um herauszufinden, von wo der Anruf kam.

Sofia stand auf, nahm das Handy an sich und lief die Stufen hinauf in ihr Büro, wo sie sich an ihren Schreibtisch setzte.

»Und was jetzt?«

»Nur so viel: Unsere und eure Arbeit ist getan.«

»Wer spricht da?«

Der Anrufer hatte aufgelegt.

Sofia starrte auf ihr Handy und ging zurück nach unten zu ihrem Team. Sie zuckte mit den Schultern, als sie an ihrem Platz ankam und wiederholte die Worte des Anrufers.

»Ich konnte nicht herausfinden, woher der Anruf kam.« Dex trat hinter seinem Schreibtisch hervor.

»Schon gut«, sagte van der Berg. »Gestern Nacht wurde ein Anschlag auf den Scheich verübt. Medien berichten von einem Terrorakt.«

Sofia runzelte die Stirn und zog ihr Handy zu sich. »Könnte er der Auftraggeber gewesen sein?«

Van der Berg zuckte mit den Schultern. »Das ist schwer zu sagen.«

Ein Ton kündigte eine eingehende Nachricht auf Sofias Handy an. Es handelte sich um eine Aufnahme. Sie spielte das Video ab und erkannte darauf Fahil Hadad, der den Namen des Scheichs nannte.

# 38

Sofia ist schlau genug, um sich selbst zusammenzureimen, was vorgefallen ist, wer diesen Fall für sie gelöst, die Kinder befreit, sie angelockt, die Verbindungsleute getötet hat. Sie wird es nicht wahrhaben wollen, aber letzten Endes ist das für den Ausgang dieser Operation nicht wichtig. Zumindest für mich nicht. Ich kann mir nur vorstellen, dass sie Fragen haben wird, die sie nicht klar beantworten kann. Aber sie ist die wichtigste und einzige Person, die ich kontaktieren kann, denn ich weiß, dass sie nur ein Ziel kennt: Menschen zu beschützen, die Wahrheit aufzudecken – koste es, was es wolle.

Ich habe den Grundstein gelegt. Nun ist es an ihr, das Richtige zu tun.

»Auf eine gute Zusammenarbeit.«

# EINE BITTE

Liebe Leserin, lieber Leser,

das war der erste Teil aus der neuen Eurocrime-Reihe. Ich hoffe, es hat Ihnen so viel Freude bereitet, ihn zu lesen, wie mir zu schreiben.

Als ich vor knapp acht Jahren mein erstes Buch veröffentlicht habe, dachte ich nicht annähernd daran, dass so viele Menschen meine Bücher lesen werden. Herauszufinden, wie »Gut oder Böse« interpretiert wird, hat mich schon immer sehr fasziniert. Den Täter zu Wort kommen zu lassen, mit ihm zu fühlen, verständnislos den Kopf zu schütteln und am Ende darüber nachzudenken, warum man sich für eine Seite entscheidet, ist hierbei nicht der Punkt. Viel wichtiger ist, ob etwas dazwischen existiert und wie man damit umgeht.

Natürlich lesen Sie ein Buch, um vom Alltag abzuschalten. Deshalb verpacke ich manche Wertvorstellungen in einen lesbaren Plot, den Sie, liebe Leserin, lieber Leser, am Ende in der Hand halten. Und ich wünsche mir natürlich, dass ich Sie gut unterhalten konnte.

Es kommen nun die wichtigsten Menschen dran, ohne die Sie, liebe Leserin und lieber Leser, dieses Buch gar nicht in der Hand halten würden. Ich möchte mich bei allen Leserinnen und Lesern bedanken, die meine Bücher in den sozialen Medien immer wieder empfehlen, Aktionen veranstalten, daraus vorlesen und einfach begeistert sind. Es ist großartig, dass es noch so viele Menschen gibt – junge und alte –, die gerne lesen und in Geschichten abtauchen, die sie von ihrem Alltag ablenken. Würde es sie nicht geben, gäbe es auch keine Bücher von mir zu lesen.

Falls Sie jetzt erst eingestiegen sind, freue ich mich, wenn Sie auch die Thriller aus der anderen Reihe lesen möchten.

Ein besonderer Dank geht an die vielen Blogs, deren Betreiber sich sehr viel Mühe geben, meine Bücher zu präsentieren. Schauen Sie doch mal dort vorbei:

https://www.facebook.com/susisleseecke/
https://www.facebook.com/Recensioonline

https://www.facebook.com/ThrillJunkie
https://www.facebook.com/buchSUCHTblog
https://www.facebook.com/buecherelefant
https://www.facebook.com/leseschmaus
https://www.facebook.com/unterdiehautblog

Seit einigen Monaten bin ich Mitglied der Facebook-Gruppe PAINAUTHORS. Neben vierzehn großartigen Thriller-Autoren, die Sie als Leserin und Leser bestens unterhalten, finden Sie auch spannende Informationen über mich.

https://www.facebook.com/groups/736152740169111/

Danke an meine unermüdlichen Testleserinnen Annika Schmidt, Susanne Barlang und Bettina Reitz. Danke Annika für die Gespräche, für deinen scharfen Leserblick. Susanne, danke für alles, was du für die Autoren auf die Beine stellst. Deine Live-Lesungen sind richtig gut. Danke auch an Bettina Reitz, vielen Dank für deine ehrliche Meinung zu meinen Büchern.

Danke auch an die Vorableserinnen Elisabeth Sauerbaum, Carmen Heiser, Bärbel Zimmer, Nicole Deisel, Nadine Schäfer, Heidi Degens, Annette Friedrich.

Damit die Bücher auch einen Sinn ergeben, danke ich auch meiner Lektorin und dem Korrekturteam, die seltsame Sätze lesbar machen. Falls sich doch noch etwas merkwürdig liest, übernehme ich die Verantwortung.

Mehr Informationen erhalten Sie, wenn Sie mir auf Facebook folgen. Sie bekommen es zuerst mit – versprochen! Oder Sie folgen mir auf Amazon und abonnieren meinen Newsletter, um Sonderaktionen auf gar keinen Fall zu verpassen.

Im Anschluss finden Sie eine Leseprobe zum fünften kürzlich erschienenen Teil aus der Violent-Crime-Reihe.

Ich würde mich über eine ehrliche Bewertung auf Amazon sehr freuen. Gerne können Sie mich auch kontaktieren, wenn es Ihnen nicht so gut gefallen hat.

Ich freue mich auf Sie. Bleiben Sie bitte gesund.

Ihr Andrew Holland

# SIE WAREN NIE FORT

## ÜBER DAS BUCH

Am Ufer des Potomac River südöstlich von Washington D.C. wird die Leiche einer jungen Frau angespült. Bei der Untersuchung des Tatorts stellt das Team um Detective Vincent Callum fest, dass der Mord möglicherweise mit den Taten eines früheren Serienmörders in Verbindung stehen könnte. Die Ermittler sind sich sicher, dass der Killer zurückgekehrt ist und erneut zuschlägt.

Zwischenzeitlich erhält Vincent eindeutige Spuren, die ihn zu seiner verloren geglaubten Schwester führen könnten. Auf eigene Faust geht er den Hinweisen nach, und als er tiefer in den Fall eintaucht, stößt er auf ein verstörendes Netzwerk aus Korruption und Verschwörung.

Je näher er der Wahrheit kommt, desto größer wird die Gefahr für ihn. Er wird von mächtigen Kräften ins

Visier genommen, die alles tun, um ihre Geheimnisse zu verbergen.

Ist seine tot geglaubte Schwester nach all der Zeit noch am Leben?

*Dies ist der fünfte Band aus der neuen Violent-Crime-Unit-Reihe. Die Bücher bauen nicht aufeinander auf. Jeder Fall ist abgeschlossen.*

**Leserstimmen zur Violent-Crime-Unit:**

*»Grandioser Auftakt zu einer neuen Reihe. Eine absolute Leseempfehlung.«*

*»Eine neue Reihe mit Suchtfaktor!«*

*»Nix für schwache Nerven!«*

# PROLOG

So wenig Zeit. Immer bleibt ihr nur so wenig Zeit. Jetzt muss Maureen erneut warten, bis sie die Möglichkeit bekommt, wieder hergebracht zu werden. Wie soll sie ihm bloß sagen, wo sie ist, wenn sie selbst nicht einmal den Hauch einer Ahnung hat? Zumal sie immer nur einen Tag und eine Nacht auf dieser Insel ist. Am folgenden Morgen wird sie abgeholt und woanders hingebracht. Man verbindet ihr die Augen, manchmal verschläft sie die Reise auch vollkommen. Sie weiß nur, dass ein Hubschrauber sie transportiert. Und sie schätzt, dass sie ungefähr zwei Stunden unterwegs ist. Anschließend fährt man sie in einem Auto weg. Aber das dauert nicht lange. Die Insel ist Fluch und Segen zugleich. Fluch, weil die Menschen grausame Dinge mit ihr anstellen. Segen, weil sie hier herausgefunden hat, dass ihr Bruder jetzt in D.C. lebt und bei der Polizei arbeitet. Segen auch, weil sie für wenige Minuten das Telefon benutzen kann. Bis sie wiederkommen. Aber nach all den Jahren weiß sie, wann sie spielen wollen.

Um die Nummer ihres Bruders herauszufinden, hat sie drei Besuche auf dieser schrecklichen Insel gebraucht. Mit so wenig Zeit ist es nicht leicht, an die Telefonnummer eines Polizisten heranzukommen. Wenn sie wieder auf dem Festland war und für andere Aufgaben gebucht wurde, hat sie sich die Gespräche überlegt, eine Taktik, wie sie ihn erreichen kann. Beim dritten Besuch hat sie die Nummer bekommen. Und während sie mit ihr Spaß hatten, hat sie sich die Ziffern immer wieder vorgesagt und dadurch eingeprägt.

Aber was soll sie ihm sagen? Er glaubt, sie wäre tot. Natürlich glaubt er das.

Sie hat es mit dem Kosenamen versucht. Vincie. So nannte nur sie ihn. Sonst wusste niemand davon, es sei denn, er hat es jemandem erzählt. Sie denkt nicht weiter darüber nach, sondern wappnet sich für die folgenden Stunden. Sie wird an etwas anderes denken. An ihren Bruder, was sie ihm sagen könnte, wo sie ist. Dass sie seine Hilfe braucht. Sie könnte überall auf der Welt sein, einer Welt, von der sie nicht die geringste Ahnung hat. Aber Vincie ist Polizist, er wird sie finden. Hoffentlich ist es dann nicht zu spät für sie.

Sie kommen, um sie zu holen. Ihre Stimmen sind

immer so laut, so unangenehm, dass sie tagelang Kopfschmerzen hat.

Jetzt sind sie da.

# KAPITEL 1
## EINIGE WOCHEN SPÄTER

Das Fischerboot schaukelt sanft auf den Wellen des Potomac River, während die Sonne langsam aufgeht.

Kevin Curtis wirft den Köder an seiner Angel ins Wasser, während sein Sohn James am Steuer steht und sich auf die Navigation durch die trüben Gewässer konzentriert. Eine Wollmütze, Parka und Handschuhe schützen Kevin vor dem eisigen Wind, und trotz Kälte fühlt er sich warm und zufrieden, denn der Ausflug mit seinem ältesten Sohn ist schon viele Male ins Wasser gefallen. James hat durch seine Tätigkeit als Rechtsanwalt einer renommierten Kanzlei wenig Privatleben. Zudem will er bald heiraten, und die Planungen und Vorbereitungen hatten in den letzten Monaten viel Zeit in Anspruch genommen. Kevin hat natürlich Verständnis, war dennoch über jede Absage enttäuscht. Umso mehr hat ihn gefreut, dass der heutige Ausflug kurz nach Neujahr in die Pläne seines Sohnes passte. Da seine anderen beiden Söhne kurz nach ihrem Collegeabschluss in andere Bundesstaaten gezogen waren, und Ruth, seine geliebte Frau, im letzten Jahr ihrem Krebsleiden erlag, ist der Kontakt zu James für ihn wichtiger geworden als je zuvor. Auch wenn sie sich nur selten sehen, telefonieren sie doch regelmäßig.

Kevin lächelt, als er die Angelschnur etwas einzieht und beobachtet, wie der Köder auf den Wellen hin und her tanzt.

Plötzlich zieht etwas seine Aufmerksamkeit auf sich – ein seltsames, verwittertes Stück Holz, das auf dem Wasser treibt. Das Boot bewegt sich langsam näher, und während Kevin die scheinbare Treibholzmasse genauer betrachtet, durchzuckt ihn ein eiskalter Schauer. Seine Augen weiten sich, als ihm bewusst wird, dass es sich keineswegs um Holz handelt. Die Form, die sich vor ihm abzeichnet, ist menschlich, verstümmelt und von den Elementen gezeichnet. Ein lebloser Körper, der einsam im Wasser treibt, ein stummer Zeuge von etwas Unerklärlichem und Unheimlichem. Kevin versteift sich und hängt die Angel in eine Vorrichtung. Dann springt er auf. »Da ist eine Leiche!«, brüllt er James zu, schubst ihn zur Seite und ergreift das Steuer. »Hol die Angel ein. Ich führe das Boot näher ran.«

James starrt zum Wasser und bleibt wie erstarrt

stehen. »Mach schon, Junge!«, ruft Kevin seinem Sohn zu.

James holt die Angel ein und hilft seinem Vater, das Boot näher an den Fundort heranzumanövrieren. Im Wasser treibt die Leiche einer Frau.

Kevin setzt den Anker und zieht anschließend James von der Reling weg. »Ruf die Polizei an und gib ihnen unsere Koordinaten durch.« Er wirft noch einen kurzen Blick auf die Leiche. Der Körper ist aufgedunsen und treibt mit dem Gesicht nach oben. Die Haut der Frau schimmert blass aus dem dunklen, trüben Wasser und wirkt schrumpelig, wie abgezogen. In den Haaren haben sich Algen verfangen. Um ihren Hals hat sich etwas verknotet, das wie ein Strick aussieht. Kevins Magen rebelliert und er wagt nicht länger hinzusehen, aus Angst, der Inhalt seines Frühstücks – bestehend aus Speck und Rühreiern – würde aus seinem Mund sprudeln. Er schluckt mehrmals in der Hoffnung, die Speichelansammlung damit in den Griff zu bekommen.

Schließlich geht er zurück zum Steuer, um das Boot gegen die Strömung zu drücken und so sicherzustellen, dass die Leiche nicht verlorengeht, und wartet auf die Polizei.

# KAPITEL 2

Nach den Feiertagen hat Vincents Team sich mit den Abschlussberichten zum letzten Fall, bei dem mehrere jungen Frauen auf tragische Weise ums Leben kamen, beschäftigt. Manche Fragen sind offen-geblieben, da der Täter nicht lebend festgesetzt werden konnte. Die interne Abteilung, Internal Affairs Division, saß Vincent außerdem im Nacken.

Diese Abteilung ist für die Untersuchung von Fehlverhalten, Disziplinarverfahren und Strafverfahren gegen Polizeibeamte zuständig. Sie mussten gegen ihn ermitteln, weil er einen Schuss aus der Dienstwaffe abgegeben hat. In seinem Fall gab es keine Zweifel daran, dass dieser gerechtfertigt war. Die Angelegenheit war schnell untersucht und die Anschuldigungen zum neuen Jahr zu den Akten gelegt.

Da es ohnehin keine aktuellen Fälle zu bearbeiten

gab, nur Bürokram zu erledigen war, war die Auszeit vom Außendienst nicht weiter schlimm.

Vincent hatte außerdem die Zeit genutzt, Lance Norris, den Technikprofi seiner Abteilung, in einer privaten Angelegenheit um Hilfe zu bitten. Vor fünfunddreißig Jahren verschwand seine Schwester im Alter von acht Jahren spurlos aus ihrem Zimmer und wurde nie gefunden. Sämtliche Ermittlungen liefen ins Leere. Ihre Entführung hat tiefe Narben innerhalb der Familie hinterlassen, und irgendwann ging man davon aus, dass sie nie wieder zurückkehren würde. Seit ungefähr einem Jahr jedoch erhält Vincent Anrufe. Jemand gibt sich als seine Schwester aus, spricht ihn sogar mit dem Kosenamen an, den sie ihm gab und den nur sie kennt. Bislang hat Vincent noch nicht herausgefunden, was es mit den Anrufen auf sich hat, auch nicht, ob sie echt sind, oder es sich um einen grausamen Streich handelt, denn sie sind nicht rückverfolgbar. Dennoch versucht Vincent immer wieder, über seine Technikabteilung den Standort des Anrufers zu ermitteln, auch wenn er nicht mehr daran glaubt, dass Maureen noch am Leben ist.

Bevor er am ersten Arbeitstag im neuen Jahr in sein Büro geht, stattet er Lance einen Besuch ab. Er erwartet nicht, dass dieser Neuigkeiten hat, umso überraschter ist er, dass Lance ihn bittet, einzutreten.

Mit einem engen Gefühl in der Brust folgt er Lances Einladung, der Vincent einen Stuhl anbietet. Vincent ist kurz davor, einfach zu fliehen, irgendwohin, aber er setzt sich, hält kurz den Atem an und weicht Lances Blick aus.

»Der Anruf kam mutmaßlich von den karibischen Inseln. Ich probiere die Daten noch einzukreisen – es kann sich durchaus um ein Onion-Routing halten, sodass der Anruf erst über mehrere Server ging – aber dem kann ich nachgehen.«

Vincent versteht kein Wort, während Lance auf seinem Bildschirm auf eine Weltkarte deutet und Pfeile und Linien nachfährt.

»Du weißt, davon habe ich keine Ahnung«, sagt Vincent.

Lance wendet sich ihm zu und sieht ihn mit einem Blick an, den Vincent bereits kennt und anhand dessen er ahnt, dass Lance jeden Moment fachsimpeln wird, um ihm alles zu erklären.

»Onion-Routing ist eine Methode zur anonymen Kommunikation im Internet, die von dem Tor-Netzwerk verwendet wird. Bei der Onion-Routing-Technologie wird der Datenverkehr in mehrere verschlüsselte Schichten verpackt, wobei jede Schicht eine andere Verschlüsselung verwendet. Wenn ein Nutzer eine Anfrage über das Tor-Netzwerk sendet, wird diese durch mehrere Tor-Server geleitet, wobei jeder Server eine weitere Schicht an Verschlüsselung hinzufügt, bevor er die Daten weiterleitet. Jeder Tor-Server in dieser Kette entfernt jeweils …«

Vincent hebt eine Hand. »Stopp.« Er lächelt gequält. »Nicht böse sein, aber das sind mir zu viele Informationen, die ich mir ohnehin nicht merken kann.«

Lance verschränkt die Arme. »Na schön. Was willst du also wissen?«

»Wie lange brauchst du, bis du den Standort hast?«

Lance legt einen Finger an seine Lippen und schaut nachdenklich nach oben. »Es kann sein, dass ich den genauen Standort nicht herausfinde, aber ich kann ihn näher eingrenzen. Und dir sagen, ob ein Tor-Netzwerk genutzt wurde. Ist das einfach genug?« Lance lächelt ihn herausfordernd an.

»Danke, ja«, sagt Vincent und lächelt ihn schief an.

»Mir ist noch etwas eingefallen.« Lance zupft an seinem Pferdeschwanz. »Das ist eigentlich noch alles in der Testphase, deshalb will ich dir keine Hoffnungen machen, aber hast du zufällig einen Mitschnitt des Telefonats gemacht?«

»Hm«, überlegt Vincent. »Leider nicht, es ging immer alles viel zu schnell.«

Lance macht eine wegwerfende Handbewegung. »Falls du zufällig eine Aufnahme deiner Schwester vor der Entführung hättest und wir anhand einer Stimmanalysesoftware mit einem Mitschnitt vergleichen könnten, wäre es durchaus möglich, herauszufinden, ob es dieselbe Person ist.«

»Ich habe tatsächlich frühere Aufnahmen von ihr. Wir haben oft Radiomoderator gespielt und Anmoderationen von uns auf Kassette aufgenommen.«

Lance sieht ihn belustigt an. »Das ist bestimmt lustig. Du als kleiner Junge, der Moderator spielt«, sagt er.

»Ich müsste die Kassetten suchen, aber ich bin sicher, dass ich sie noch irgendwo habe.« Vincent blickt nachdenklich zur Decke. »Aber dann haben wir immer noch keinen Mitschnitt.«

Lance dreht sich plötzlich zu seinem Monitor und tippt auf der Tastatur herum, während er gedankenverloren vor sich hin murmelt. »... da war doch ... Moment ... mhm ...«

Vincent überlegt, wo er die Kassetten haben könnte, als sich Lance wieder umdreht. »Ich muss was nachprüfen, aber wenn ich recht habe, sollte ein Mitschnitt kein Problem sein.«

»Wie soll das gehen?« Vincent ist mit seinen Gedanken noch bei dem Verbleib der alten Tonaufnahmen.

Lance grinst. »Lass mich mal machen. Ich melde mich. Und du besorgst mir die Radiomoderation.«

. . .

Wenig später ist er über das Treppenhaus auf dem Weg ins Büro und denkt kurz über die Informationen nach.

Karibische Inseln? Warum kommt es ihm vor, als hätte sich dort vor Jahren etwas Grauenhaftes zugetragen? Ihm fällt nicht ein, was es war, und er betritt das Büro.

»Gut, dass du da bist. Wir haben eine Leiche«, begrüßt ihn sein Kollege Bryan Gorshaw. Irgendwie hat Vincent den Eindruck, sein Partner hätte über die Feiertage ein paar Pfund abgespeckt. Dadurch wirkt er etwas lebendiger, zumindest im Gesicht fällt ihm eine Veränderung auf.

Vincent will die Jacke aufhängen, aber Valerie hindert ihn daran. »Unser Typ ist gefragt. Wir sollen zum Georgetown Waterfront Park am Potomac River kommen.« Sie greift energisch nach seinem Arm und führt ihn in den Flur. Während sie zum Fahrstuhl gehen, erläutert sie ihm kurz, was passiert ist. In den frühen Morgenstunden wurde die Leiche einer Frau in der Nähe des Ufers entdeckt. Bei dem Ermittlerteam der Polizei kam der Verdacht auf, dass es sich um einen Nachahmer des Potomac-Killers handeln könnte. Sie steigen in den Fahrstuhl. Valerie wählt das Parkhaus und die Türen schließen sich.

»Warum kamen die darauf?«

»Die Hände fehlten und sie hatte einen Strick um den Hals. Das war das Markenzeichen des Serienkillers, der gefasst wurde und in einem Hochsicherheitsgefängnis seine Strafe absitzt. Und nein«, wendet sie ein, bevor er die Vermutung äußern kann, dass dieser geflohen sein könnte, »er sitzt noch immer brav ein. Sein letzter Mord liegt etwa drei Jahre zurück.«

Als die Türen des Aufzugs sich öffnen, fragt Vincent: »Warum hat man uns eingeschaltet und nicht das FBI? Ich gehe davon aus, dass dieser Fall von denen bearbeitet wurde.«

Valerie nickt, als sie am Wagen ankommt, die Beifahrertür öffnet und sich hineinsetzt.

Erst als auch er hinter dem Steuer sitzt, antwortet sie verwundert. »Weil der Killer eingebuchtet wurde, vielleicht?«

Vincent legt den Rückwärtsgang ein und verlässt das Parkhaus.

»Das ist mir schon klar«, lacht er und fädelt sich in den Verkehr ein. »Mich wundert es nur, dass ...« Er macht eine wegwerfende Handbewegung. »Weißt du was, vergiss es.«

Keine Stunde später stellt Vincent seinen Wagen an der Absperrung zum Fundort ab, weist sich aus und folgt, mit Valerie im Schlepptau, dem Weg, bis er am Ufer Nick Travis entdeckt, den Gerichtsmediziner aus seinem Team. Die Grünfläche um den Fundort ist zugestellt mit Fahrzeugen von der Ambulanz und

Spurensicherung. Terry Sticker ist also bereits da. Auf der Ladefläche des Krankenwagens erkennt Vincent zwei Personen, die blicklos in die Gegend starren.

Er nickt in die Richtung. »Kümmere du dich um die beiden Angler, die die Leiche entdeckt haben«, sagt er zu Valerie und geht runter zum Ufer zu Nick. Kurz bevor er bei ihm ankommt, stattet er sich mit Handschuhen und Mundschutz aus, unterzeichnet das Tatortprotokoll und bleibt an den Füßen der Leiche stehen.

Das Gesicht und der Körper der Frau sind aufgequollen. Vincent erkennt Blasen auf der Haut. Sie ist bleich wie eine weiße Kerze. Ihre Haare und Kleidung sind klatschnass und verfilzt, Schlamm oder Algen haften auf der Haut. Teile ihrer Kleidung sind vom Körper gerissen oder stark beschädigt. Nur ein schwacher Verwesungsgeruch geht von ihr aus. Das kann ein Indiz dafür sein, dass sie nicht lange im Wasser gelegen hat. Fische oder andere Tiere haben noch keine Spuren auf der Haut oder den Körperteilen hinterlassen. Eine Schlinge ist um den Hals gewickelt und die Hände wurden der Frau an ihren Handgelenken sauber abgetrennt. Der Täter muss ein großes, scharfes Messer verwendet haben. Vincent erkennt kaum ein Schnittmuster.

Nach der ersten Begutachtung wendet sich Vincent an Nick. »Wie lange lag die Frau im Wasser?«

Nick kommt nach oben, nachdem er eine Probe

von ihrer Kleidung in ein Gefäß gegeben und es verschlossen hat.

»Anhand des Verwesungszustands gehe ich von maximal acht bis zehn Stunden aus.« Nick zuckt mit den Schultern. »Da das Wasser sehr kalt ist, muss ich weitere Untersuchungen durchführen, um dir den genauen Todeszeitpunkt nennen zu können. Ich verwende eine Kombination aus verschiedenen Methoden und betrachte auch den Kontext und andere Beweise, um eine Schätzung abzugeben. Ob sie ertrunken ist oder tot ins Wasser geworfen wurde, werde ich erst sagen können, wenn ich ihre Lunge untersucht habe.« Nick zupft an der Maske herum, bis sie wieder gerade auf Mund und Nase sitzt und fährt fort: »Livor Mortis, auch Totenflecken genannt, treten ein, wenn das Blut der Schwerkraft folgend in die Körperregionen absinkt. Bei einer Wasserleiche können diese Flecken schwierig zu erkennen sein. Ich muss sie also genauer untersuchen«, sagt er achselzuckend.

Vincent nickt. »Wissen wir schon, wer sie ist?«

Nick schüttelt den Kopf. »Fingerabdrücke kann ich offensichtlich nicht nehmen. Wir müssen uns auf die Zähne verlassen. Die Taschen waren leer.« Er seufzt. »Alles Weitere, wenn ich sie genauer untersucht habe.«

In dem Moment kommt Terry schwer atmend zu ihnen herunter. »Die Frau wurde nicht hier ins Wasser geworfen. Wir ermitteln gerade die Strömungsrichtung«, sagt er keuchend. Er wendet sich Nick zu, ohne auf eine Antwort von Vincent zu warten, und fragt ebenfalls nach dem Todeszeitpunkt. Anschließend wendet er sich ab und steigt zurück nach oben.

Vincent zuckt mit den Schultern. »Er wird wissen, was er tut«, sagt er.

»Hm, ja«, murmelt Nick und beginnt gemeinsam mit einem Assistenten, die Leiche für den Abtransport zu verpacken, während er weiter mit Vincent spricht. »Ich werde die Leiche auf weitere Verletzungen untersuchen. Ich melde mich, so schnell wie möglich, mit einem vorläufigen Bericht.«

Vincent geht vorsichtig, um keine Spuren zu verwischen, weiter runter zum Ufer und blickt sich um.

Der Potomac River ist ein beeindruckender Fluss, der sich durch die Hauptstadt der Vereinigten Staaten erstreckt. Im Januar kann er in einigen Abschnitten zugefroren sein, insbesondere wenn die Temperaturen längere Zeit unter dem Gefrierpunkt liegen. Momentan ist er nicht zugefroren, seit einigen Tagen bewegt sich das Thermometer um die drei Grad in der Nacht und bis zu sechs am Tag. Man würde nicht meinen, dass vor einigen Wochen noch ein Blizzard die Stadt heimgesucht hat. Vincent ist froh darüber, dass seit dem Blizzard im Dezember letzten Jahres keine Schneeflocke mehr gefallen ist.

Entlang des Flussufers gibt es auch eine Reihe von

Parks und Grünflächen. Ein beliebter Ort ist der National Mall, eine weitläufige Grünfläche, die viele der wichtigsten historischen Sehenswürdigkeiten der Stadt umfasst. Der Fundort befindet sich allerdings weitab davon. Der Killer hat vermutlich nicht beabsichtigt, Aufsehen zu erregen, oder er wusste nicht um die Strömung. Auf dem Wasser sind Boote der United States Park Police zu sehen, die für den Potomac River zuständig ist. Gemeinsam mit Terrys Kollegen durchkämmen sie den Bereich, den die Angler befahren hatten, um möglicherweise weitere Spuren zu finden. Die Hände des Opfers?

Aus welchem Grund hat jemand den Potomac-Killer nachgeahmt? Wenn er ihn tatsächlich zum Vorbild genommen hat. Dazu fehlen ihnen noch weitere Informationen, zum Beispiel, ob es Details zu dem damaligen Fall gab, die nicht an die Öffentlichkeit gegeben worden sind und sich die Tat in diesen Punkten unterscheidet.

Fest steht, dass sich der Mörder dieser Frau Mühe gegeben hat, es so aussehen zu lassen, als wäre sie von dem bekannten Serienkiller getötet worden.